家族っていいなあ
Part 2

本文は新潟日報朝刊連載「家族っていいなあ」(二〇〇五年八月十二日から二〇〇六年十二月二十九日掲載分まで)をまとめ、「幸せだから、涙」「初栗島」「歯医者さん」「子どもたちへ」の四編を書き下ろしで収録したものです。

家族っていいなあ Part2◇目次

表紙・本文イラスト
須田久子（すだ・ひさこ）
愛知県出身。主婦イラストレーター。乙女座。O型。天皇星人。力の抜けたイラストのご依頼は藤田市男プロダクションまで‼御連絡ください。

妻の超能力

　私はついにスプーン曲げができるようになった。そう、よくテレビや雑誌で超能力として紹介されている「あれ」である。出処《でどころ》は秘密であるが、あるスジから宴会芸として伝授され、試してみたら思った以上にグニッと曲がり驚いた。まさに超能力。この力を宴会で使うだけではモッタイナイ。私に超能力があると知れば、家族の皆は私を尊敬するに違いない。

　というわけで、スプーンを持って中三の息子の部屋にいってみた。障子戸の前で「こんこん」と口でノックの擬音。気難しい思春期の息子の部屋には、こんな機会でもなければ入りにくい。出てきた息子はスプーン片手の私を見て「なに？」と一言。歓迎されていない雰囲気ありありである。

　しかし、ここで負けてはイカンのだ。度胸を決めて「ほら、超能力だよ」と目の前でスプーンを曲げていったら、ニヒルな息子も「おっ、すげっ！」と声に出して驚いた。ああ感激。わが家でいちばんＩＱが高いであろう息子が驚いたのだから、残った家族はくみし易《やす》かろう。

案の定、居間でテレビを見ていた爺さま婆さま＆娘の三人は、まとめて「ほーら」と見せてやったら、絶叫ののち絶句してしまった。

残るは台所にいる妻だけだ。彼女がこの超能力にひれ伏せば、私は藤田家を完全制覇する。

料理を作っている妻の横に歩み寄り、「ほら見て」と目の前でスプーンを曲げていった。今まで以上に「ぐにゅー」と曲がり、そりゃもう完璧《かんぺき》。

しかし、それをチラッと見て妻は「はいはい、曲げたスプーンは真っすぐに戻して洗っておいてね。そしたらご飯よ」とふだんと変わらない調子で言うものだから、私もいつもの調子で「はーい！」と元気に返事をし、気がつけばよい子になってスプーンを洗っているではないか。ああ悔しい。

浴衣の君

新潟まつりの大民謡流しに、学部の仲間たちとおそろいのハッピで参加した娘であった。生まれて初めての経験で、とても楽しんできたようだ。

出がけに「民謡流しが終わったら学部の打ちあげがあるんだよ。遅くなるらしいけど、終電が過ぎても友達のアパートに泊めてもらえるから平気だよ」なんてことをうれしそうに言うものだから「ダメ！」と一喝。タクシー代を持たせて「終わりしだい家に帰ること」を厳命した。それで帰ってきたのが夜中の一時。まったくもう。

さて、民謡流しの翌日は花火大会であった。

「花火はそばで見るに限るね」なんてナマイキなことを言っているが、ちょっと前までは、せっかく信濃川のそばの特等席に連れていってやっても「大きな音が怖いよう」と泣いていた。

髪はくるりと横っちょにおさげ。浴衣は母から借りたアジサイ模様。そこに先日、買ってもらった赤い帯。祖母から着せてもらって準備万端整った。しか

し、電車の時間にはちょっと早すぎた。だからといって、ゴロリと横になるわけにもいかず、しようがないからと台所の椅子《いす》に腰かけ本を読んでいた。

ああ、いいね、その感じ。お母さんの若いころに似ているね。結婚前のお母さんも、おまえと同じようにかわいかった。もちろん今だってかわいいけれど、あのころのかわいさはちょっと違う。おまえのそのかわいさは、今しか出せないものだから、お父さんは大事に大事に覚えておこう。

赤い鼻緒の下駄《げた》履いて、カラカラ歩いてちょっと危なげ。慣れない下駄で転ばぬように。お父さんは、いつまでもおまえのそばにいられるわけじゃないのだからね。そんなことを、口に出して言えないものだから、ひっそりこっそり思ってみたね。

全財産贈与

父が唐突に全財産を譲ると言い出した。

「一切合財をオマエにやる。藤田家の今後を頼む」と言うのである。しかし、朝ごはんの最中にそういうことを真顔で言うのはいかがなものか。驚いた拍子にむせてしまった私は、味噌《みそ》汁が鼻から出そうであった。

そりゃあ、大飯ぐらいの子どもを二人抱えているのだもの。もらえるものはなんだってもらいたい年ごろの私ではある。しかし、急にどうしたってわけだ。そしたら、「このところさっぱり食欲がなくてご飯がほしくない。眠りも浅くて、真夜中に目が覚めたらそれきり朝まで眠れない」なんてことをボソボソと言う。

それで本人は、余命いくばくもない病を患っているのではと思ってしまったようなのだ。私が見た感じ、顔色はよさそうなのだが、しかし本人にしかわからないつらさがあるのだろうか。

去年の夏に脳梗塞《こうそく》を患い、生死の境をさまよった父だ。ちょっとした体調の乱れも心配になるのかもしれない。財産云々《うんぬん》はともかく、体をしっかり診ても

らったほうがいい。

翌日、母の運転する車に乗って父は病院に行った。私としては、大丈夫とは思いつつも、心のどこかに不安はあった。深刻な結果が出なければいいがと祈っていた。

夕方になって二人は戻ってきた。父の手には袋に入ったバナナが一房。それを、「はい、お土産」と私によこした。

検査の結果は「異常なし」だった。食欲がないのはご飯の前にオヤツを食べすぎるせい。夜明け前に目が覚めてしまうのは昼寝をしすぎるからという、まことにもってマヌケなことが原因だった。

私はバナナの袋をもちながら、「これがじいちゃんの全財産かい」と聞いてやった。父はテレ笑いしていたが、しばらくすると財産に手を伸ばして一本食べた。あーあ、ご飯前なのに。

怒られた私

少し前に、大学生の娘が浴衣を着て花火を見にいったというエッセーを書いた。それについて読者の皆さまからたくさんのおほめの言葉をいただき感激している。

しかし、娘と妻にはあのあと怒られてしまった。じつは、娘のことを書くときは事前に本人の許可をもらう約束になっているのだが、それをすっかり忘れてしまったというわけ。これまでにも何度も前科があるから、二人の怒りは大きかった。

その日は村の会合を終えて家に戻り、さて遅めの夕食を一人でいただきましょうかと食卓についたとたんに二人はプリプリとやってきてプンプンと私を責めたてた。

ご飯を目の前にして、最初のうちは「はい、私が悪うございました」と素直に謝っていたのだが、だんだんと暗い気分になってきた。あのエッセーの主題である「父の愛」なんてのは、二人にとっては大きなお世話なのだろうなという気がしてきた。そう思ったら悲しくなって、メシはいらんと言って食卓を離れた。後ろから「なに逆ギレしてんの。バッカみたい」という声が聞こえた。

その日は豚ロースのピカタ。妻の得意料理だ。部屋に入ってコーヒーをいれた。内容よりもまず書くこと自体を責められる。一番伝えたい人に想《おも》いが伝わらない非力な筆力が情けなかった。

とにかく、今後はこのような騒動を起すのはイヤであるし「もうゼッタイに書かないで」という本人の意向を尊重し、娘ネタは自粛しなければならないようだ。

ちなみに今回のエッセーの主題は「私の反省」である。娘ネタではないつもりであるが、やや危険な雰囲気。念のため、このエッセーが出る日はご飯を早めに食べておいたほうがいいかもしれない。あの日は心のつらさのみならず、空腹がとてもつらかった。

爽やかダンディー

「ご飯ですよ」と妻に起こされた。その日は珍しく声をかけられるまで眠っていた。

宴会で酔っぱらって寝苦しく、何度か寝返りをうっていたのは覚えている。何かの拍子にうつぶせになって、そのままベッドに沈みこみ「エビぞり状態」で寝入ったようだ。体が反ったまま硬直し、首が痛いし背中も痛い。痛すぎて起きられない。「おーい」と妻を呼んだが、顔がマットにくっついているせいで「ほーい」と弱々しく響くだけ。

そんな状態で苦しみつつも、そういえば中三の息子は「うつぶせ寝」の時代に生まれたんだよなあなんてことを思い出していた。ほんの数年の間だったと思うが、全国の産院で「目鼻立ちがよくなる」とかなんとかで、うつぶせ寝が流行《はや》っていたことがあった。しかし、赤ん坊には不都合ありということで急速にブームが去ったはず。

ちなみに、妻は今もうつぶせで寝ていることがある。目鼻立ちをよくしようという目的があるわけではなく、ただのクセ。私と違い、筋肉が軟らかいからどんな恰好《かっこう》でも平気なようだ。

さて、そんなことを考えてジタバタしていたら、たまたまベランダに用事があったとかで妻が二階にやってきた。そして「ほーい」と叫んでいる私を見つけ、「あら、タイヘン」と、うつぶせからあおむけにひっくり返してくれた。やはり、ナンダカンダで妻は頼れる。

痛む腰をさすりながら階段をおり、朝食のためにみんなが集まっているところで「おはよう！」と元気に挨拶《あいさつ》した。別にさっきまで呻《うめ》いていたことを内緒《ないしょ》にする必要はないのだが、ここはなんとなく隠しておきたい気分。「爽《さわ》やかダンディー」を気どりたい年頃《としごろ》なのだ。「お父さん、顔にシーツのあとがあるよ」という息子からの指摘に慌ててしまったダンディーだけど。

寝顔の力

ある日の午後、公園のベンチで若いお母さんに抱かれて眠る男の子がいた。一歳くらいだろうか。寝顔がかわいい。それを見て、私はわが子たちの幼いころの寝顔を思い出していた。

わが家の大学生の娘も中三の息子も、ちっちゃいころは二人とも私の腕に抱かれて眠っていた。基本的に甘い父親だったと思うが、叱《しか》って泣かしてしまうこともよくあった。悪いことをしたのだからそれを正すのが親の使命である、とは思っても、やはり泣かしたあとは切ない気分だった。

泣きつかれて眠るわが子を見つめ、涙のあとを「ごめんな」と指でなぞっていた。おまえは望んで私の子になったわけではなかろうに、たまたまうちの子に生まれてきただけだろうに。それでもおまえは私を好きでいてくれる。私の胸に飛びこんできてくれる。ありがとう。そんなことを思って寝顔を見つめていたら、思いがけずに「うふっ」と笑ってくれた。泣いたあとなのに楽しい夢を見ているようだ。

無防備に、親を信じてすべてを委ねていてくれる、そんな寝顔を見ていると「この子を守るために頑張ろう」と心と体に力が満ちてくるのだった。

今はわが子たちも成長し、自分たちの部屋で各々《おのおの》眠っている。だから寝顔を眺めながらしみじみと幸せをかみしめることもできず、親としてはちょっと寂しくなった。

そのかわりと言ってはナンであるが、私は妻の寝顔を「かわいいなあ」と眺め、「家族のために頑張ろう」と誓っていたのだ、最近までは。

しかし、このごろは夕ごはんを食べるとすぐに眠くなり、妻よりも二時間早くベッドにいき、朝までぐっすり。妻は私の無防備な寝顔を見ながら、「やっぱりアタシがしっかりしなくっちゃ」と誓っているらしい。

生ラジオ出演

ＦＭラジオに出ないかと言われ、即座に「出ます」と返事した。基本的に依頼があれば断ることを知らぬ好奇心なのだ。

しかし、毎度のことながらその本番が近づくにつれとっても不安になってくる。今回もそうだった。三日前から弱気になりはじめ、当日は緊張のあまり眠れぬ朝だった。

ドキドキしながら「困った困った」と悩んでいるうちに放送局に着いてしまい、午前十一時五分の本番までに残り時間は二十分。控えの椅子《いす》に座らされソワソワしていると後ろから生放送が聞こえてくる。

女性パーソナリティーが「今日はエッセイストの藤田さんをお招きしてますよ」なんて言ってる。ああ緊張。「ボクは都合によりエッセイストやめてしまいました」と書き置きして逃げよう、と思ったところでスタッフのかたがやってきて「それではお願いします」とニコヤカにマイクの前へ案内してくれた。そのときはラジオから音楽が流れている状態。それが終われば私の出番だ。

緊張がピークに達し「ボク、あがっちゃってなんにも喋《しゃべ》れないみたいです」と机に伏して気絶した真似《まね》をしてみたが誰も同情してくれない。そんなことをしているうちに音楽が終わってしまい、「藤田さん、こんにちは。はじめまして！」と声をかけられた。「あ、はい、こんにちひゃっ」と、初っぱなから舌を噛《か》んで焦った。しかし、その後は彼女の巧みなリードで、緊張しながらも楽しく会話できた。

そして大過なく終わりの時間に近づきホッと油断したところで、「藤田さんにとって奥様とはどのような存在でしょうか？」と想定外の質問が飛んできたからウロタエた。何か言わなくっちゃと焦ってしまい、「愛してます」だなんて、真っ昼間から県内全域に愛の告白を電波で飛ばしてしまった。

カエルに負けた愛

秋である。秋といえば新潟マラソンなのである。

いつもいく郵便局で申込書を送った。そのとき窓口にいたお兄さんが「ボクは運動すると必ずカゼひくんですよ」と言うので、それを確かめるべく強引に勧誘し、彼にもエントリーしてもらった。ホントに熱を出したら見舞いにいこう。

大会のフルマラソンは制限時間が四時間。その時間でクリアする実力のない私は、今年も十キロの部を走る。初めて走ったときが五十三分。二回目の去年は四十八分。一年で五分縮まったわけだから、計算上では今年は四十三分で走るはず。この調子でいけば、数年後には世界記録の二十六分台を切ることになる。

まあ、世界記録はともかくとして、今年の目標は「打倒カエル」なのだ。

実は去年、あの暑い中をカエルのマスクを被《かぶ》って走っていたランナーに負けたのだ。カエルはスタート直後からずっと私の前を走っていて、私は抜こうと

頑張ったのだが、あと一歩のところでカエルはピョンと前に出る。そんな繰り返しで最後まで抜くことができなかった。

しかもケシカランことに、カエルは沿道の観客の人気を独占した上に、競技場で私の帰りを待っていた妻と娘の心まで奪っていたのだ。

去年よりも良いタイムでゴールした私は、大威張りで妻と娘の待っている観客席にいったのに「あらお父さん、ゴールしてたの？」なんてこと言われてガッカリした。二人ともカエルに気を取られ、私のことに全然気づいていなかったのだ。

競技場に戻ったときから観客席の二人に手を振り、愛のラブラブ光線を発しながらゴールした私なのに。私の愛より目立っていたとは、あなどれないカエルである。カエルに負けた愛ってのも情けなくってイヤだけど。

滋養のスープ

たまには妻とケンカする。お互いに地味であるから、大声を出したりモノを投げたりはせずに、静かに厳かに挙行する。

その日はせっかくの休日なのに、妻は朝から機嫌が悪い。何かについて怒っているようだが、私としては思いあたることがありすぎて原因をしぼりきれない。

妻のご機嫌をうかがいオロオロしているうちに、午後になったら熱が出た。タイミング悪くカゼをひいたようなのだ。そして、ベッドに入りダウン。しかし、そんな私の様子を見にもきてくれない妻である。階下から子どもたちと楽しそうにお喋《しゃべ》りする声が聞こえてくる。私のことがそんなに嫌いか。そう思ったらムカついた。

だから翌朝はこちらからの「不機嫌返し」。いつまでもオマエの機嫌なんぞとってられないぜというわけで、妻に負けずとブスッとしてみた。

朝の出がけに「じゃあ仕事に行ってくるから」と不機嫌な声で言う妻に、もっと不機嫌に「あー」と返事して送り出した。

その日、熱は平熱に戻ったと思ったのに午後になったらまた上がった。夕方、台所の椅《い》子《す》にもたれてグッタリしているところに「ただいま」と妻が帰ってきた。そして私の顔をのぞき込み「具合はどう？」なんて聞いてきた。なんだよ今さらと思いながら、めいっぱい不機嫌に「悪いよ（ぶすーっ）」と答えた。

「アナタの好きなコロッケを買ってきたよ」

「ふーん（ぶすーっ）」

私の不機嫌返しに妻はめげない。それどころか、コンロの上の鍋を見つけ「あっ。アタシの好きな野菜のスープだ！」と喜んでいる。

スーパーで安い牛スネを見つけたもので、お昼すぎから野菜と一緒にコトコト煮ていた。私の滋養のために作ったのだけれど、でも、いっぱい作ったから、食べたい人は食べてもいいけど。

キンモクセイ

若いころの私は、秋が少々苦手だった。あれだけ草木や虫たちのエネルギーに満ち溢れていた夏が終わってしまうのかと思うと、それが寂しくてしようがなかった。

秋は冷たい雨の降るごとに、虫の音が消え命が土に溶けていく。日を追うごとに、草の緑が茶色く変わる。秋は死の準備をはじめる季節だと、そんな印象が私を切ない気持ちにさせていた。

しかし、このごろはそういう秋にも「哀《かな》しみきれない」ものを感じるようになっている。

秋は命が消える一方で、命を次に伝える季節のように思えてきた。

「ワタシ、死ぬけど、みんなよろしく。みんなの心にワタシの想《おも》いを残しておいたよ。春になったら思い出してね」。そんなことをつぶやきながら、虫や草たちは命を次に伝えて消えていくのかなと感じるようになった。

そんなふうに思うのは、こちらもそれだけ年とって何げに心の準備をはじめているのかな、なんて、ああ縁起でもない、話を変えよう。

わが家のキンモクセイだが、今年も律儀に咲いてくれた。その朝には何の予兆もなかったのに、お昼すぎ、家に戻って車を降りたら、外は甘い香りに包まれていた。しばらく目をつむり、深く息を吸いこみ全身にキンモクセイを感じていた。キンモクセイを「娘の花」だと決めている。もちろん私が勝手に決めただけ。娘が生まれたときに咲いていた花だ。

娘は秋に生まれた。キンモクセイの香りの中で生まれてきた。

キンモクセイは小さく地味なオレンジ色の花だ。その姿のためか、花言葉は「謙遜《けんそん》」。しかし、目立たぬように咲いていても漂う香りが存在を隠しきれない。だからだろうか、もうひとつの花言葉は「初恋」。忍びきれない恋、キンモクセイ。隠しきれない秋、キンモクセイ。

ヘソクリ発覚

おととしのゴールデンウイークからたばこをやめた。それまでは家族になんと言われようともメゲることなく、毎日規則正しく二箱のマイルドセブンを吸っていたのだ。

しかし、心臓も痛めたことだし、火の始末も心配だしということでやめてしまった。

やめたついでに、それまでたばこを買うのに使っていた財布の小銭をブリキの貯金箱に入れることにした。そしたらそれがいつしか満タンとなり、金融機関の窓口に持っていったら二十二万円になっていたのだ。わお、これだけあれば一生ゼイタクできるぜって気分になって、さっそく私名義のナイショ通帳に入金した。バイクを買っちゃおうかな、なんて目論《もくろ》んで。

しかし、それはすぐに発覚した。「木は森に隠せ」という古人の教えに従い、わが家の通帳入れに隠しておいたのが失敗だった。単純な妻を相手に作戦があまりに高度すぎたせいだ。

「なによこれ！」と詰め寄る妻に「オレの金だあ、モンクあっかあ！」と強気に返事したらいいのに「へ、ヘソクリです。二人で使いましょう」なんてオドオドと言ってしまったわけで。

十一月で結婚二十年。ヘソクリで妻にプレゼントを買うことになった。

しかし、いつも思うのだが、こういう記念日にはどうして夫から妻へのプレゼントばかりなのだ？妻からだって「はい、感謝のバイクよ」と夫に渡してくれてもバチは当たらないと思うのだが。

まあ、それはともかく、妻には長年世話になってきた。だから、心から感謝して記念のネックレスを贈るつもりだ。それについてはなんら不満はない。そして、それで余ったお金を私がもらおう。

いくら余るのかって？　そ、それについては、プライベートなことなので、あ、あの、その…。

かわいい時間

今年の春から娘もときどきランニングするようになった。大学受験も無事終わり、ヒマでヒマでしょうがない時期に「今日はアタシも走ってみるわ」と、私にくっついて旧亀田町の体育館に行ったのがはじまりだった。

今までまともに走ったことのない娘である。私と同じ調子では走れない。「オマエの好きなペースでやりなさい」と、しばらく勝手にさせておいた。そんなやりとりをランニング仲間のオネエさまたちに見つけられ、「あら、お父さんについてきてくれるなんてかわいいわねえ。うれしいでしょ？　ほらほら」と、からかわれた。う、うるさいねえ。

しかし、今はこうして私と仲良しの娘だけれど、中学生のころは口もきいてくれなかった。成長過程で子どもたちはいろんな姿を見せてくれる。

その日、妻にも「走ってみるか？」と誘ってみたが、案の定断られた。彼女は走るのが苦手だ。水泳部だったから泳ぎは達者らしいが地上ではダメ。人それぞれ得手不得手があるものだ。

「わあ、すごいよお母さん。カバもね、走るの遅いけど泳ぎがうまいんだよ。お母さんはカバみたいでいいなあ」と、うらやましがった幼いころの息子が懐かしい。

今や彼もニヒルな中学三年生。親との会話も少なくなってきた。寂しいけれどしようがない。大人になるために通らなければならぬ道なのだ。

子どもたちが話をしたがるときに、いっぱい話をしてきてよかった。子どもたちが抱っこされたがるときに、いっぱい抱っこしてきてよかった。

子どもたちがまとわりついてくれる時期はすぐに終わる。疲れているから、面倒だからと、そんな理由で子どもとのふれあいを後回しにしていられるほど、親子の残り時間は多くはないのだなと、最近になってしみじみ思う。

贈る幸せ

「プレゼントにはね、贈る幸せもあるのじゃないかしら」と言った奥さまがいた。

先日のエッセーで「なぜ結婚記念日には夫ばかりが妻にプレゼントするのだ」とボヤいている私にかけてくれた言葉だ。

なるほど、贈る幸せか。本当にそうかもしれない。プレゼントを選んでいる段階から、相手の笑顔を想像し「うふっ」と笑ってしまうほど幸せになっているし、プレゼントを受けとったときの嬉《うれ》しそうな表情は、確実に私を幸せにしてくれている。

もうすぐ私たち夫婦に二十回目の結婚記念日がやってくる。二十回というのは二十五回目の銀婚式や五十回目の金婚式のようには有名でないが、「年を経るごとに味わいと価値の出る陶磁器のように」というわけで「陶磁器婚式」という名前がついている。落としたら割れそうで、ちょっと怖いけれど。

二十年間の結婚生活は、私にとってはよいことばかりだった。これまで妻と

一緒になったことを一度も後悔したことはなかった。しかし、私によくても妻にはどうだったろうか。清くなく、正しくもなくフマジメに生きてきた私だから、妻は苦労しただろうし、辛《つら》い思いもしてきたはずだ。
だから、今回の結婚記念日には「ごめんなさい」と「今までありがとう。これからも懲りずによろしく」というメッセージをこめて、妻にプレゼントを贈るのだ。そう思って、ティファニーのネックレスをずっと長いこと机の下に隠しておいた。
妻はそれを手にして喜んでくれるだろうか。「ありがとう」とウルウルしてくれるだろうか。そんなことを想像し、記念日当日まで幸せな気分にひたっていよう。
なお、この「贈る幸せ」を妻にもバリバリ感じてもらえるよう常に心の準備を怠らぬ私である。

ファッション

ダメージ加工でわざと穴をあけたジーパンを若者たちがはいている。それがなかなかカッコイイ。実は私も穴あきを何本か持っている。しかし、人工的にあけたのではなく、本当にはき古しの天然モノである。

いかに丈夫なジーパンでも、いつかはヒザが薄くなる。朝はくときに「あら?」と気づいた小指の先くらいの穴が、夕方には十円玉ほどに成長し、その次にはくときには、かなりの確率で開いた穴に足の親指を引っかける。そしてダメージは一気に広がる。

妻は、そんなジーパンは使わないから捨てろと言うが、長い間苦楽を共にしてきた相棒なのだ。穴が開いたから捨てるだなんて、そんな非人道的な行為はいかがなものか。だから、みんな押入れに隠しておいた。しかし、見つけられた。怒られた。

ええい、破けたものは縫えばいいのだ。それなら文句あるまい。ダメージを補修した「リペア加工」というのもあって、これまた人気のようだから、その

路線でいこう。
ミシンが使えればいいのだが、わが家のものは旧式でヒザを縫うのは難しいらしい。ならばと、大昔に習った家庭科の授業を思い出し、手縫いで挑戦した苦節の二時間。ついに完成した。一つの大仕事を達成した満足感とともに、それをはいて鏡の前に立ってみた。
「あれっ？」。己の姿を見たときの第一印象に不安を覚え、居間でテレビを見ていた家族に聞いてみた。「ど、どうかな？」
パッと見た娘が「ビンボウっぽいよ」と言った。みんなも「うんうん」と肯《うなず》き、またテレビに視線を戻した。ああ、やっぱり。実は私もそう思った。若者たちにはカッコいいボロなジーンズも、私が着ると「あらやだ、お金がないのね、この人」と、そんなふうに見えてしまうから悲しい。

マラソン完走

この秋は、マラソン大会に二回出場した。

最初は新潟マラソンの十キロの部だった。去年の大会では妻と娘の視線がカエルに扮《ふん》したランナーにくぎ付けとなり、その後ろを走っていた私のゴールに気づかないというテイタラク。悔しいので、今年は「打倒カエル」で挑んでみたが、また負けた。カエルは去年よりもパワーアップしていた。

そうそう、新潟日報の「窓」欄に、今年は「カエルさん」のみならず「お魚さん」ランナーもいたという投稿があった。うん、そんなふうに肩の力を抜いた長距離走もステキだと思う。

新潟の翌週は、山形のフルマラソンに出た。目標は「去年よりも速いタイム」だったのだが（四時間三十分）、実際は開始四キロで右足のヒザが痛みだしてボロボロ。それでも折り返し地点まではなんとか走ったが、そこからあとがもうダメで、痛みが全身に回って苦しんだ。

本人は走っているつもりでも、周りからは足を引きずる哀れな怪《け》我《が》人にしか見

えなかったろう。途中で何度も救護車が止まり「大丈夫ですか？　車に乗りますか？」と優しく声をかけてくれた。その都度、笑顔で「大丈夫です」と答えてはいたが、実は痛くて泣きそうだった。

それでも、「時間オーバーで〝回収〟されるのならしようがないけど、自分からはあきらめないことにしよう」だなんて、いつになく意地をはって走っていた。

結局、制限時間をめいっぱい使って五時間五十分でゴールできた。残り時間はあと十分。ギリギリだった。成績としてはとんでもなく悪いのであるが、あきらめないで前に進み続けた自分をちょっと偉いと思った。

その夜、「体が痛いよう」と家に戻ったら、電話で状況を聞いていた妻が「バカだねえ」と言いながら、笑顔で迎えてくれた。

金持ちの予感

私の左手首にあったミサンガが切れた。

手首に巻いておき、「いつか自然に擦り切れたとき願いが叶《かな》う」というサッカー選手たちが流行《はや》らせた願かけのお守りだ。去年の十一月、娘が友達の受験合格を念じて何本か編んでいたのだが、それを見ていたら私も欲しくなり作ってもらった。

「はいっ」とよこされたミサンガは、それまで作っていた友達のものと比べてやけに細いし、地味な色。しかし、手首に巻いたらなかなか渋くてオシャレであった。

願いを叶えるために、本来ならば早く擦り切ったほうがいいのだろうが、娘からもらったのだと思うとモッタイナイ。そう思って大事にしてたら、まるまる一年もった。願かけのミサンガとしては異例の長寿だろう。

さーて、切れたからには願いが叶うというわけだ。なにを隠そう、あのとき私が願ったことは「本がどーんと売れますように」だったのだ。

宣伝になってしまうと悪いからタイトルは書かないが、実は著書が二冊ある。一冊は女性と子ども向け護身術の実用書。これはおかげさまでそこそこ売れている。しかし、もう一冊の〝お笑い子育てエッセー〟がまるで売れず、出版社倉庫で山積み状態のままらしい。

私自身はいい本だと思うし、業界の人たちも「いい」とほめてくれたのだが、とにかく本屋さんに並ばない。「無名のオヤジの子育てエッセーなんて需要がないのかなあ」なんてイジケていたのだが、願かけのミサンガが切れたことにより、今後はワサワサと売れるような気がしてならない。

そのときになって慌てないよう、今のうちから印税の使い道を考えておこう。そう妻に言ったら「はいはい、そのうちね」とまるで人ごと。この人、私が金持ちになるなんてこと、ハナっから思ってないようだ。

妻の座&母の座

読者の方から「藤田さんご夫婦は、仲がよくてうらやましいです」と言われることがある。そりゃあ悪くはない。しかし、うらやましがられるほど良くもない。

「家族エッセー」であるから、良さそうなところをみつくろい、ほのぼのと仕上げているつもりだ。だから、食前食後に「愛してるぜ、ベイビー」「アタシもよ、ダーリン」なんてやってると思ったら大間違い。

たしかに結婚してしばらくは、いつも私のそばに妻はいた。夕食後は一緒にコーヒーを飲み、いろんなことを語り合った。そのころの妻は、私をひたすら信じ敬ってくれていた。しかし、時がたつにつれ妻にも自我が芽生え、世の中の仕組みを知ってくるともうイケナイ。私のやることは間違いだらけで、そばにいては悪い影響を受けると気づいたのかもしれない。

ここ数年は、夕食がすんでも子どもたちのそばから離れやしない。妻と子の楽しそうな笑い声を聞きながら、私は部屋で一人孤独にコーヒーを飲んでいる。

確かに彼女は私の妻である。それと同時に子どもたちの母である。夫は一人、子どもは二人。となれば、私に対する倍の時間を子どもたちと過ごして当然なのかもしれない。しかし、そうは思っても寂しいものは寂しい。オレといるのがそんなにツマンナイのかなあ、なんてイジケてベッドに入る。

夜中に目が覚めて、ふと横を見ると、いつきたのか、寝相悪く両手をバンザイして眠っている妻がいた。カゼをひくと悪いので手を布団の中に戻してやって…。

あ、こういうことを書くからすごく仲がいいと思われるのかもしれないが、布団をかけ直してやるというのは、子どもみたいに寝相の悪い妻と結婚してしまった私の責務と認識している。オトナはタイヘンなのだ。

ひよこ色ベスパ

「ベスパを買ったんだよ」と、得意になって言っているのに「ベスパって何よ？」と聞く人ばかりで調子がくるう。オードリー・ヘプバーンの映画「ローマの休日」に出てくるイタリアのスクーターだよと説明すると、「ああ、あれね」とやっとわかってくれる。

先日の結婚二十周年記念で、私は妻にティファニーのネックレスを贈った。妻はそのお返しに…何もくれなかった。でも、これは当初から予想されていたこと。

二十回の結婚記念日を経験し、その日に私は何ももらえないのだということを二十回ほど学習してきている。だから、今年は自分で自分にプレゼントを買うことにしていた。ちょっと前のエッセーにも書いたとおり、今年の私にはタバコをやめて貯《た》めたヘソクリがあったのだ。

しかし、妻のネックレスを買った残りを全額下ろしたまではよかったのだが、その後、そのお金で夕ごはんのオカズを買ったりお昼代に使ったりで、いつの

間にかだいぶ減ってしまって、気がついたら〝絶滅危惧《きぐ》財産〟である。早いうちに何か形のあるものを買わねばヘソクリがこの世から消えてしまう。と、焦っていたところに「中古ベスパの出物がありますぜ」と知人からのメールだった。

初めて見たベスパは、黄色くてちっちゃくてかわいかった。まるで生まれたてのヒヨコみたいだ。さっそく家のそばの県道を走ってみた。二輪車に乗るのは久しぶり。風を切る音が懐かしい。

しかし、懐かしさと同時に寒さに震えた。ベスパを手に入れたうれしさで忘れていたが、今は草木も凍る冬なのだ。生半可な気持ちでは寒さに負ける。そう思って、信号待ちのときに「よっしゃっ！」と気合一発つぶやいた…つもりなのだが、思ったよりも大声が出て、横断歩道を渡るオネエサンに睨《にら》まれた。

その部屋の愛

「ABC」という摂食障害家族会の方が、私を講師として呼んでくださった。ありがたいことだ。しかし、専門外のことなのでちょっと不安。

私には、拒食や過食の本当の苦しみがわからない。頭のなかで想像するだけの世界なのだ。だから、今苦しんでいる人たちに、私のような苦しみの足りぬ者が分かったふうな話をするのは失礼過ぎると思う。みんなを助けたり救ったりだのという、そういう力は持ち合わせていないのだ。

だから私は、いつものエッセーのように呑気《のんき》な話をしていくしかない。ああ、でも、あまりに呑気すぎて呆《あき》れられたら困る。うーん、どうしよう。

そんなことを心配しながらドキドキとその部屋の前に立ったら、ぎょっと驚いた。入り口にはなんと「藤田市男さん講座」と書いてある。講座だなんて、ワ、ワタクシそんな大それたお話できませんてばと一気に緊張したが、代表の方に「あらっ、思ったよりもお若いですのね」なんてニコニコ笑顔で言われていい気分。皆さんからお菓子とコーヒーをもらい、すぐに和んでしまった。

その部屋には、わが子を早く楽にしてやりたいと願う親御さんたちがいた。苦しみから解放させようとするお医者さまがいた。

その日の感想を、誤解をおそれず言わせてもらえば、病んでいる人たちは今は焦らずに病んでいてもいいと思った。家族は誰もあなたをあきらめない。お願いだから、あなたの心配をさせてもらいたい。家族にはあなたが必要なのだ。あなたでなければダメなのだ。あなたは大切な人なのだ。

会の人たちの「苦しみと悲しみ」を知った懸命な笑顔は、私に人としての経験値を与えてくれた。これからも呑気で平和なエッセーを書いていこうと思う。

ニヒルに見せる

新潟市の曽野木地区公民館で催された「女性学セミナー〜ともに生きるということ〜」という講座に呼んでいただいた。

最近のワタクシ、どうもお笑いの三枚目路線を走っているような気がしてならない。だから、そろそろ本来の二枚目に戻さねばならぬと思っていたところだ。そこにこのようなナイスなお誘い。堅そうなセミナーで堅そうな話をしておけば、「あら、エッセーではアホみたいな藤田さんだけど、ホントはニヒルな二枚目なのね、まあステキ」となるに違いない。

意外にもワタクシ、女性ウケするフェミニストである。その証拠に、冬になると手先が荒れる。何を隠そう日々の食器洗いが原因である。それを世の奥様たちにアピールすると、必ず「藤田さんは偉いわあ。うちの旦那《だんな》と大違い」とほめてくれる。これからは家事をやるオヤジがモテるんですよ、皆さま。

なーんて得意になってはみたが、実は私だって楽しくて皿洗いをしているわけじゃない。仕事が忙しくて帰りの遅い妻を手伝っているだけのこと。そうで

なければ、けっして手を出さなかった分野だ。現に、今でも朝の炊事洗濯などは妻がやってくれている。私はスヤスヤ夢の中。それでも、平日の夕ごはんを作るというだけでイバれるのだから男は得だ。

と、そんなことを話題にしてセミナーを進めていこうと思ったのだ。

司会者の紹介を受けて颯爽《さっそう》と立ちあがり「皆さん、こんにちは。エッセイストの藤田です」とニヒルに挨拶《あいさつ》したまではよかったが、その直後に「藤田さんの後頭部、寝ぐせでハネてますよー」と講座の奥様たちに指摘され、「えっ、どこどこ？」と頭の後ろに手をあててウロタエてしまったらもういけない。ニヒル路線は崩壊し、最後まで立ち直ることはなかった。

大晦日

大晦日《おおみそか》である。

いつもなら一日違うだけの「今日と明日」の関係も、大晦日に限っては「今年と来年」という具合に一年も違ってくるから油断ができない。夜中の十二時を過ぎた瞬間に、もう新しい年が始まっているのだ。

師走になると、向こう三軒両隣はもとよりマスコミを通じて全国各地からソワソワした雰囲気が伝わってくる。私もつられてソワソワしてしまう。子どものころからずっとそうで、大人になってからも相変わらずソワソワで、つまり生まれてこのかた師走には落ちついたことがないのである。

そんな状態であっても、大晦日にはこの一年を総括することは忘れない。私にとっての大晦日は「来年もよくありますように」と願う日であり、「悪かったことよ、サヨウナラ」と、気持ちを切り替える日でもあるのだ。

人生の中では、ときにはナントモハヤと嘆き悲しむ年もあろうかとは思う。しかし、それでもよほど致命的な出来事でもない限り「よーし、じゃあ来年は頑張っていい年にしようじゃないか」という気になってくるから大晦日は素晴らしい。これが普通の月末ではそんな気になれないと思う。やはり、年が切り替わるということが気持ちの切り替えに大切なのだ。

わが家的には、今年も本当に良い年だった。去年の夏には父が脳梗塞《こうそく》で倒れ、暮れには母が自転車で転んで腰の骨を折ったというちょっとしたアクシデントがあったけれど、今年はそういったことがなく「何もない幸せ」にしみじみと浸っている。

今年もまた、除夜の鐘を聞きながら年越しそばを食べるのだ。妻が用意してくれるわが家の特製は、餅《もち》が入ったり卵が載ったりで、真夜中に食べるにしては、けっこう気合の入ったそばである。

年が明け、元日の夜明け前には親子四人で神社にいってお参りをしていることだろう。御守りをいただき、屋台でポッポ焼きを買ってきて熱々を車の中で食べているにちがいない。家に向かう途中で夜が明けて、そして、新年もきっと良い年であろうと予感することだろう。それが毎年のお決まりのパターンなのだ。

結婚して二十回目の初詣で。最初は妻と二人で「寒いね」って言いながら境内を歩いてた。翌年は娘を胸元にすっぽり入れて三人で行った。その四年後には息子が加わり、以来ずっと四人でお参りしてきた。アタリマエだと思っていたことをアタリマエにできている幸せ。それがとても大きな幸せなんだなと今は気づいている。

それでは皆さま、よいお年を。

Reset!!
ズズズ〜
ズズズ〜
hisa.

新しい年

わが家では、年が明けると洗面台の歯ブラシが一斉に新しくなる。妻が家族のぶんを並べておいてくれるのだ。もちろん消耗品であるから、年に何本か新品に巡りあうわけだけど、新年の新歯ブラシは、いつものそれよりちょっとうれしい。

歯磨きをしているうちに、唐突に朝風呂に入ってみたくなる。「正月だもの、いいではないか」と、普段よりもさらに自分に甘くなる私。でもいい。ホントに正月だもの。新しいお湯をザバーッと溢《あふ》れさせ、肩まで浸《つか》って「極楽極楽」なんて言ってみる。

風呂場には洗顔・洗髪関係の化粧品が並んでいる。ニキビが消えたりシワが減ったり髪が輝いたりと、なんともまあいろんな期待を背負わされたモノたちなのだ。ちなみにみんな妻と子どもたちのモノ。私はもらいものの固形せっけんで体を洗い、シャンプーは中三の息子のものを勝手に使う（あ、ナイショです）。

頭をゴシゴシ洗いながら、ふと思った。正月くらいは私も名のある洗顔料を使ってみようかと。目の前にあるピンク色の可愛《かわい》いチューブが私を呼んでいるような気がしてならないのだ。

デザイン的には女性用。妻か娘のものだろう。どれどれとチューブからニュルっと手のひらに取り出し顔にスリスリ。おお、ザラザラ感が心地よいし刺激的だねえ。これで汚れが落ちてツヤツヤのお肌になるのだねえ。美中年モテモテだねえ。なんて喜んでいたら顔がピリピリと痛みだした。危険を感じて即座にお湯で洗い流したのだが、一体どうしたことだろう。

チューブを手に取りよく見てみれば、あらまあ「カカト専用」と書いてある。厚顔を自負する私であったが、じつはカカトの皮より弱かった。

こんな私だけれど、本年もよろしくおつきあい願います。

再びラジオ

またラジオに出させてもらった。あがり症で人前が苦手なくせに「出ますか？」と聞かれれば「出ます出ます」と何度も首を縦に振っている。

当日は、遅れちゃイカンと思って早めに家を出たら、約束の時間の一時間前に着いてしまった。やることがなくて、時間つぶしに寒風吹きすさぶ万代橋をとぼとぼ歩いた。しかし、本番が気になってドキドキだから、寒さなんて感じない。

「お願いだからヘンなことは言わないでよ」と家族にきつく釘を刺されてきた。こちらとしても「藤田家の恥になるようなことはこれっぽっちも言いませんん」という気持ちはじゅうぶん持っている。しかし、こちらは喋《しゃべ》り慣れないシロウトである。緊張のあまり、何を言い出してしまうか自分でも予測不能なのだ。

そんなことを考えているうちに約束の時間となった。「おはようございまっす！」とカラ元気でラジオ局に入っていったら、「おはようございまーす」と爽《さわ》

やかな声が返ってきた。それはまさにいつもラジオから流れてくるナビゲーターさんの声だった。

気づかなかった。ナビゲーターさんがこんなにかわいい人だったなんて。前回は緊張しすぎて顔を見ていなかった。ホントにドキドキしてきた。ああ、もう何を言い出してしまうかわからない。妻よ許せ、子たちよ許せ。

その日の出来事については多くは語るまい。とにかく、これからしばらくは月に一回の割合でラジオに出させてもらえることになった。どの局で何時からというのは、恥ずかしいからナイショ。

妻は私のラジオ出演を喜び、そして応援してくれている。しかし、それと同時に、とんでもない話をされるのではなかろうかと心配している。それについては、「大変だねえ」と人ごとのように同情している私である。

温かなロシア

ロシアにいってきた。とてもよかった。

その日のロシアは、新潟駅から車で十五分のところにあった。実は、新潟市の姉妹都市ウラジオストクから「友好のクルーズ訪問団」の船が新潟の港にやってきて、ウラジオストク市主催の船上パーティーが催されたのだ。そこに新潟市のスポーツ・文化分野の関係者三十人が招かれ、県テコンドー協会の理事長、副理事長とともに、関係者の末席にいる私もちゃっかりおよばれしてきたというわけ。

生まれてはじめてウオツカを飲んだ。かなり度数が高い。しかしロシアの人たちは「～のためにカンパイ！」と、会話の途中で何度も何度も乾杯するのだ。しかも一気飲み。私にはちょっときつかったのだが、日露のラブ&ピース関係を維持するために、身を挺《てい》して乾杯していた。

そして、気がつけば酔ってべろべろ。これ以上飲んだらさすがに翌日が辛《つら》すぎる。だから、その後は食べることに専念しようと思い、テーブルを見渡した

らケーキがあった。それがすごくおいしかった。

「妻や子どもたちにも食べさせたいなあ」と独り言をいったら、通訳さんがメードのオバサマに伝えてくれたらしい。オバサマはパーティー終了間際に赤いタッパーを持ってきて、残ったケーキを入れてくれた。そして笑顔で「はい、持っていきなさい」と…。

ロシアの人は温かい。「ありがとう。スパシーバ」。何度もお礼を言い、私はケーキを抱えて船を下りた。そこで素直に家に帰ればよかったのに、私は二次会でおでん屋に行き、途中の凍結した道で、ツルッと滑べってひっくり返り、その反動でどこか遠くにケーキを飛ばしてしまったのだ。気がつけば、手には何にも持ってない。

ああ、私はなんとバカなのかと、ただいま激しく懺悔《ざんげ》しているところである。

かわいい

こんにちは。

ようこそここへ。ボクがお父さんです。向こうのお部屋で休んでいる人がお母さんです。キミはさっき、お母さんから生まれました。お母さんは命懸けでキミを生みました。キミも命懸けでお母さんから生まれました。今度はお父さんが命懸けでキミとお母さんを守ります。ありがとう。生まれてきてくれてありがとう。ボクたちの子どもになってくれてありがとう。

生まれたばかりの娘を見つめながら、心の中で語りかけた。何度も何度も語りかけた。すべてをかけて守ろうと、何の躊躇《ちゅうちょ》もなく誓える存在、それが、わが子だった。かわいかった。

予定日の二週間前、妻は重度の妊娠中毒症となり、急きょ帝王切開による出産となった。母子ともに安全とは言い難い状況だった。「妻が無事でありますように。娘が元気に生まれますように」と祈った。それ以上の「よいこと」は、オマケでいいと思った。

そんなことを思い出したのは、知人夫婦が連れてきた生後四十日の赤ちゃんを見たからだ。久しぶりに間近で見た赤ちゃん。かわいかった。まだ言葉を理解しないわが子に話しかける新米の父と母。言葉は通じなくとも愛は通じる。その子は、これからも親の愛をいっぱい浴びながら育っていくことだろう。

うちの息子は、娘が四歳のときに生まれた。「こんにちは。アタシがお姉ちゃんだよ。おうちにきてくれてありがとう。弟になってくれてありがとう」。そう言いながら、娘は自分のホッペを弟の頭にくっつけていた。かわいくてたまらない様子。涙が出そうなくらい幸せな情景だった。

そんな二人の様子を「かわいい」と言って見つめる妻の笑顔が、とてもとてもかわいかった。

みんなのかわいさを、一生守っていこうと思った。

公開授業試食会

　何年かぶりで西洋料理のフルコースを食べてきた。娘の母校で食物科三年生の公開授業試食会に、学校評議委員として呼んでもらったのだ。

　事前にいただいたメニューには「オードブル五種盛り合わせ。ミネストローネ。牛ヒレ肉のポアレ茸添え。季節のサラダ。デザート三種盛り合わせ。パン。コーヒー」と書かれてあった。

「なるほど」と、書いてある文字は読めたのだが、単語がいまひとつ理解できない。「あのさ、最初に書いてあるオードブルってさ、盆や正月のスーパーで売ってる、ほら、丸い大きな入れ物にエビフライとか卵焼きとかいっぱい入っててて、みんながつついて食べる、あれだよね?」と妻に聞いてみた。

　すると即座に「ちがーう!」と言われた。そこで本来の「オードブル」とは何かという説明をこんこんと受け、それがどんなにおいしくても隣の校長先生の皿には手を出してはいけないとの注意も受け、西洋料理のマナーなども急きょ叩《たた》き込まれ、かなりドキドキして会場入りしたのであった。

試食会には食物科三年生の保護者の方々と、参加希望多数の激戦を勝ち抜いてきたラッキーな先生方、そして役得の私。

おいしいだろうと期待はしていたが、それをはるかに上回るおいしさなのだ。聞けば、生徒たちは前の日から下準備をし、当日も朝からずっと頑張っていたという。

みんなの力が合わさってできあがった試食会だ。笑顔で給仕している生徒たちは、夢に向かって進んでいたのだ。笑顔の後ろには、たくさんの努力が隠れているのだ。

その頑張りは、しっかりと親に伝わっているはず。その証拠に、「おいしいおいしい」とニコニコ笑顔で食べながら、皆さん、なんだか目元を潤ませているんだもの。

許されぬこと

「おまえのためだ」と言いながら、実は私のミエや欲のための子育てをしていることがある。

あれは息子が小学二年のときだった。夏の夕方、息子は自宅で私にサンドバッグを蹴《け》らされていた。「テコンドーの試合で良い結果が出なかったのは、オマエの努力が足りないからだ！」と、私は息子を怒鳴っていた。

息子は反論もせずに私に言われるままサンドバッグを蹴っていた。長時間の練習で、しだいに息が荒くなってきているのがわかったが、私は休ませもせず怒声を浴びせ続けていた。

苦しかったろう。辛《つら》かったろう。息子の発する気合が途切れ途切れになってい き、しまいに涙声となり、ついにはサンドバッグをつかんだまま動かなくなった。

そこでやっと私は正気に戻った。これは息子のためになんかじゃない。私が息子を使って自慢するために鍛えているのじゃないかと気がついた。

いつからか、私は息子の強さが私の偉さに連動していると勘違いしていた。

息子が強くなったぶん私が偉くなった気でいた。

息子のためにではなく、私を偉くするために息子を強くしようとしていた。自慢の息子に育てるのではなく、私を自慢するために息子を育てようとしていたのだ。

息子を抱っこして「ゴメンよゴメンよ」と謝った。息子はホホに涙のあとをつけたままの笑顔で、「平気だよ」と言ってくれた。

しかし、何より私自身が許せなかった。そのあと息子を肩車して「ゴメンよゴメンよ」と言いながら茶の間を駈《か》けまわった。息子は私の頭にしがみつき「わーい！」と歓声を上げていた。

オマエはオマエのために強くなれ、オマエのために生きていけと息子に言った。そして私は、この日の愚かな私のことを、一生許さず生きていくことにした。

子犬と妻と

妻がまだ私の妻でなかったころ、つまりまだ私のカノジョであったころ、家に連れてきて「オレ、この人と結婚するから」と家族に紹介しておこうと思った。

しかし、大きな不安があった。実は妻は犬が大の苦手。そばに犬がいるだけで泣いちゃうような女の子なのだ。なのに当時のわが家は柴犬《しばいぬ》が二匹と生まれたばかりの子犬が三匹、元気に庭を駆け回っていた。犬好きにはたまらぬだろうが、犬嫌いには卒倒しかねぬ情景であろう。

とりあえず、妻を連れてくる日には、二匹を庭の隅っこにつないでおき、子犬たちは段ボール箱に入れておいた。遠くから眺めてゆっくり慣れてもらおうという作戦である。

「ついたよ」と家の前で車を止め、妻と一緒に玄関に歩いていった。二匹の犬はこちらを見ながらシッポを振っている。うん、かわいいかわいい。妻の顔にも動揺の色はない。

と、そのときだ。何と向こうから子犬が三匹ヨチヨチと走ってきたではない

か。私の声を聞きつけて段ボール箱から飛び出したのだ。子犬たちは「お客さん、みっけー！」とばかりにシッポを振ってやってくる。
　私は必死で「くるなくるな」と言っているのだが、子犬たちはかえって喜んでしまい、ときどき転んだりしながら走ってくる。そしてついに妻の足もとにたどり着き、ああ、妻はその場にしゃがみこみメソメソと、おや、泣くかと思ったら笑っている。「かわいい」と言って子犬を抱っこしている。
　犬嫌いだったはずなのに、あまりに愛らしい姿にまいってしまい、百年前からオトモダチという感じで犬たちと遊んでいるのだ。順応性があるというか単純というか、その無邪気な姿に、私はさらに惚《ほ》れた。

愛車

愛車がまた壊れた。

車が温まってきたときにハンドルをめいっぱい切ると「がっがっ！」と引っかかるような衝撃が足元から伝わってくる。いやーな感じで修理工場にいってみると、「デフかな？」と、出してくれた修理費の見積りがざっと二十万円。わが愛車の時価額をはるかに超えた金額である。もっとも、息子が生まれたその日に買って今年で十六歳になる国産車だから、時価額は限りなくゼロに近い。

去年は、エンジンルームに入ったネズミにターボをかじられ大音響。その前は磐越道を走って福島に入った瞬間にミッションがイカレて白煙を噴き出した。その他モロモロ、なにかと刺激的な体験をさせてくれるニクイやつだ。

「ここ数年の修理費で車が一台買えそうよ。もう直したりしないで、程度のいい中古車を買ったほうがいいわ」と、妻はまことに正しいことを言う。確かにそっちのほうが経済的だろう。

しかし、長年連れ添ってきた家族同然の車なのだ。直せばまだ乗れるのに、

なるほど〜

それを買い替えようだなんて、それじゃあ車が不《ふ》憫《びん》で不憫でと、思わず涙にむせびそう。

「あのねえ、今どきは軽自動車の中古だって何十万もするそうだ。そんな大金をこれから捻出《ねんしゅつ》するのは難しいね。二十万であの車は元に戻るんだよ。だから、二十万円で買ったと思えばいいんじゃないかい。車検もたっぷりついているお買い得中古車だよ」と言ってみた。

そしたら妻は小首をかしげてしばらく考え「あ、なるほど。そう思えばお得よね」と納得してくれた。妻が単純でよかった。これで私の古い愛車はめでたく復活できる。

そうそう、古いといえば妻も古…、いや、今日はここらでやめとこう。「あなた、最近ノロケが過ぎるわよ」と、妻に叱《しか》られてしまったから。

妻の長い髪

「そろそろ目立ってきたようだね」と私が言うと、「あら、そう？」と妻は新聞を読んでいた顔をあげ、頭に手をやった。よく晴れた休みの日の朝だった。

妻の髪に白いものが出てくると、私はちょっとせつない気持ちになってくる。私が苦労かけているためかと思ってしまう。いや、実際にその何割かは、私のイケナイ所業のせいなんだろうけど。

妻にはいつまでも若くいてもらいたい。

その日の午後に二人で薬局にいき、オシャレ染めを買ってきた。

染めるのは私の役目。何度もやっているので慣れたものだ。正座した妻の後ろに回り、ゆっくりと髪をといていく。肩の下まである長い髪。付属のブラシで塗っていけばいいのだが、慣れないうちは、髪についた液がはねて私の腕や服にくっついた。するとたちまち茶色く染まってしまうのだ。だから、ゆっくりゆっくり飛ばさぬように、チューブの中身がなくなるまで丁寧に塗っていく。

塗り終わったあとは、しっかりと染め液が髪に馴染《なじ》むよう、二十分間じっとし

て待つ。

時計を見て「時間だね」と私が言うと、「はい」と答えた妻は、ゆっくりと立ちあがり風呂場に向かった。

髪を洗って出てくるまでは、どんな染まり具合になっているのか私にもわからない。結果が出るまでドキドキ。へんな染まり方だったらどうしようと、実は心配している。万が一のときは、知り合いの美容室にいって速攻で染め直してもらうつもりなのだが、幸いなことにまだ失敗はない。

うん、今回もうまくいった。洗面所の鏡の前に立つ妻の髪は、とてもオシャレに輝いている。

その後ろに私は回り「まあ、こんなもんだね」と言いながら、妻の長い髪に指をからませていた。

感謝です

とある待合室。

そこで、「金曜日の『家族っていいなあ』が楽しみらて」と、見知らぬオバサマたちが話していたのだ。まさかと思ったが間違いない。この「家族っていいなあ」をほめていたのだ。もううれしくてうれしくて、「私が作者です」と名乗り出て感謝の熱い抱擁をと思ったのだが、その前にオバサマたちは席を立たれ、どこかにいってしまわれた。ああ残念。しかし、おかげさまで、その日は一日ルンルン♪といい気分だった。

実は、私自身も金曜日が待ち遠しい。自分で書いていていながら、ワクワクして新聞を開いている。そして、「ううっ、今日は泣かせるねえ」だとか「わははは、サイコー」などなど、一読者として楽しんでいる。

「毎週書き続けるなんて大変ですね」と言われることもあるが、私としては、毎日でも平気。とても楽しい気分で書いている。もっとも、私には楽しいことでも、書かれる方は楽しくないこともあるようだ。

金曜の朝、新聞を読んでいる妻の背中に危険なオーラが漂っていることがある。彼女をネタにエッセーを書いたりしたときだ。「いつもダメ、最後がダメ！」とオチにたいする不満を表明しながらプリプリと新聞をたたみ、その後は無言で朝食の食器を洗っている。そんなとき私は「ごめんよ、ごめんよ」と妻の横で反省の意を必死に伝え、そして一応許されるのだが、翌週もまた同じようなことで叱《しか》られる。

そんな繰り返しで連載がいつのまにか百回を超えていた。これもひとえに読んでくださる皆さまのおかげと感謝している。

友人がお祝いに、私の「公式ホームページ」（http://ichio.wao2.com/）をプレゼントしてくれた。これからもよろしくお願いいたします。

卒業

気持ちよく晴れた青い空。その日、息子が通っていた中学校の卒業式に妻とともに参列した。

式を厳かに終えた後、卒業生と在校生で「巣立ちの歌」を爽《さわ》やかに歌い、最後は卒業生が「旅立ちの日に」を合唱した。

歌っている子どもたちの顔を見ながら、私は昔のことを思い出していた。みんな赤ちゃんだったのに。手をつないでいないと歩けない甘えん坊だったのに。抱っこされるのが大好きで、いつも私たちの腕のなかでスヤスヤ眠ってくれたのに。それが、こんなに大きくなって、立派になって。

君たちが私たちのそばにいてくれただけで、私たちは何よりもうれしかったのだよと、そんなことを思って聴いていた。

歌が半ばをすぎると、女の子たちは泣き顔になっていた。今まで我慢していたのだけれど、もう堪《こら》えきれなくなっていた。男の子たちも、いつものシラケた顔じゃなくなっていた。頑張っている、頑張っている。みんなこの歌を歌い

きろうと頑張っている。この歌がみんなでうたう最後の歌だ。この歌が終わったら、大空に飛び立っていく。

パチパチパチパチ。

大きな大きな拍手の中、それまで背を向けていた指揮者の女の子がゆっくりと振りむいた。その顔は涙。顔じゅうに涙。止まらない涙。

頑張った、みんな頑張った。みんな頑張って生きてきた。

パチパチパチパチ。

涙もふかずに拍手するみんな。先生も保護者も在校生も、みんなが君たちに拍手した。卒業おめでとうと拍手した。そう、卒業はけっして悲しいことじゃない。どこか別の世界に消えてしまうわけじゃない。一人一人が夢を抱いて空に飛び立つお祝いの日なのだ。

おめでとうおめでとう。あなたたちに巡り合えて、本当によかった。おめでとう。

家族内メル友

「ほら」と言って、携帯電話のメールを見せてくれた人がいた。大学を出て一人暮らしをしている女性で、まだ社会人一年生。とある会合の宴会で隣の席になり、仲よくお話しししていたのだ。

「母からです」というその中身は、近況報告の終わりに「あなたはいつも親を楽しませてくれるよい子だよ。ありがとう」と書かれていた。慣れぬ仕事に疲れているであろうわが子へ贈る激励のメールであった。彼女は母の気持ちを素直に喜び、そのメールを消さずにとっておいたのであろう。

親は親なり、子は子なりのテレがあり、お互い言いたいことがあっても言えずにいることがある。しかし、面と向かって言葉で伝えられなくても、文字にしてならば伝えられることがある。そう考えると、お手軽なメールもなかなかいい。

実は私も大学生の娘からきたメールの何通かを「お宝」としてとってある。そんなこと、娘にはナイショ。中身もナイショ。ここに書いたら〝百叩《たた》きの刑〟

に処せられる。
しかし、ふだんは味もそっけもない「業務連絡」ばかり。娘から私に送られてくるものは「四十五分発」なんていう簡単なものだし、私も「了解」と返事するだけ。
しかし、短いからといって愛がないわけではない。このやりとりを解説すると「こちらの駅を四十五分に出る電車に乗るから、そちらの着く時間をそちらの責任で速やかに計算し、いつもの場所にいつものように間違いなく迎えにきてね。こないとお父さんとは口きかないよ」という娘に「はい、了解。お父さんは全力を尽くして迎えにいきます。でも、もし遅れちゃっても許してくれよ。お願いだから口はきいてね」と答えているのだ。
かように私ら父娘のメールには、短い中にもたいへん深い意味が隠されているのであった。

鼻づまり

夜明け前、口の中がカラカラで目が覚めた。鼻づまりで、一晩じゅう口で息をしていたせいだ。こんな日は何をやってもうまくいかない。

朝食の味噌《みそ》汁でひどい目にあった。鼻がつまっているときの味噌汁は、気合を入れて飲まないとたいへん危険だ。鼻の呼吸機能が失われ、口だけが頼りであるにもかかわらず、その口には味噌汁が満たされているのだ。当然その間は呼吸ができない。つまり、一刻も早く口の中のものを飲みこみ呼吸を開始しなければならないのだが、そんなときに限ってとんでもなく味噌汁が熱い。猫舌の私はいつまでたっても飲みこめない。顔を上に向けたまま「はひはひ（アチアチ）」とモダエ苦しみ、危うく今朝は味噌汁で溺《おぼ》れるところだった。

そうそう、鼻づまりで思い出した。それは娘が赤ん坊のころのこと。夜中に鼻をつまらせ、ゼーゼーと口で呼吸をしていたことがある。それがとてもせつなそうで「困ったなあ、どうしようかなあ」と思って見ていたところ、とつぜん妻が娘の鼻に口をつけ、つまっているものを吸い出そうとしたのだった。と

ても自然に、そう、まるで頭をなでるように。
「ああ、うまくできない」と妻は言ったけれど、できるとかできないとかではなく、やれるかやれないかの問題だ。いかにかわいいわが子とはいえ、私の選択肢にはなかった方法だ。母という存在は、太古の時代からこうやってわが子の命を守ってきたのだろうか。その日は、いつも以上に妻が偉く見えた。母は強しだ。
そんなことを思い出しながら、食後のコーヒーをまったりと口に含んだのだが、これがまたとんでもなく熱い。飲みこめずに「はひはひ」とモダエ苦しむ私。それを見ながら口に手をあて「くっくっく」と笑う妻であった。

初ミシン

ミシンを買った。前から欲しいと思っていたのだが、私に使えるかどうかわからないし、けっこうな値段もするからフンギリがつかないでいた。しかし先日、インターネットで超安値のミシンを見つけたので、思いきって申し込んだ。妻にはナイショ。とつぜん見せて驚かすつもり。

送金から二日で届いた。ワクワクと梱包《こんぽう》をほどき現物を見たら、想像以上に小さな姿。背丈は十五センチほどだし、全体が薄いプラスチックでできていて指一本で持ちあがる軽さだ。「大丈夫かなあ?」というのが正直な感想だった。

説明書を見ながら糸を通し、試しに薄いボロ布を二枚重ねてスイッチ・オン。おお、なんとなんと、予想に反してタタタッと軽快に縫いはじめたではないか。思わず「疑ってスマン」とミシンに謝ってしまった。

次に本番というわけで、ヒザの破けたジーパンを持ってきて再びスイッチ・オン。これまた軽快にタタタッと動きだし「すごいすごい」と喜んでいたら、とつぜん「むーん」とモーターが唸《うな》って止まってしまった。針のところで布が

ダンゴになって詰まっている。糸もなんだか絡まっているみたい。軽く布をひっぱってみたが動かない。そこで癇癪《かんしゃく》をおこして力まかせに引っ張ったら、ベキッと鈍い音をたててミシンは壊れた。あわてて説明書を読むと「糸や布が詰まったとき、無理に引っ張ると壊れます」と書いてある。なんと説明書に忠実なミシンであろうか。

本体を持ちあげ揺すってみると、中から「ガチャガチャ」と音がした。ひっくり返して叩《たた》いてみたら、ネジと破片が寂しく落ちた。それらをまとめて箱に詰め、急いで押し入れに片づけた。

妻にとつぜん見せて驚かそうと思ったミシンだけれど、驚くだけでは終わらない気がする。ああ、どうしよう。

運転の練習

　このところ、右足が痛い。免許を取った娘の、運転練習につきあわされているからである。国家の許しをいただき、法的にはなんら問題のない公道走行ではあるけれど、親心的にはまだまだ問題がありすぎて、とても一人では乗せられない。

　大学に通うための最寄りの駅が、歩いて行くにはちょっと遠い場所にある。今まで親が面倒をして送ってた。だから免許を取って自分で車を運転して通いたいという娘の考えには賛成だった。しかし、実際に乗るとなると、こんどは事故が心配になってくる。

　車が届き、嬉々《きき》として運転練習をする娘であるが、こちらは恐々として乗っている。助手席にはいつも私。妻はもうちょっと様子を見てから乗ることにしたいと言ってるし、息子は「できることならば一生乗りたくない」なんてことを言う。

「わあ、久しぶりの自動車だからこわーい」と言いながら運転している娘で

あるが、しかし、どこかはしゃいでいる。怖いのは私。まちがいない。

「スピード出すぎだ。減速減速！」と叫んでいるのに「でも、まだ三十キロになってないよ」とタコメーターを指さす娘。「あほ！それはエンジンの回転だ！」と絶叫する私に「あほって、ひっどーい！」と抗議する娘であるが、ひどいのは間違いなく娘の運転のほう。

　ある程度走って満足すると、娘は道路の端に車を止め、毎回「あー、疲れた」と元気に言うのであるが、私は疲れすぎて声も出ない。出るのはため息、ふうっ。

　車を注文するときに、「オプションはどうします？」と聞かれ「助手席のブレーキ」とお願いしたのだが、あいにくそういったモノは用意されていないらしい。練習につきあうたび、ありもしないブレーキを力いっぱい踏み続け、だから私は右足が痛い。

買物運

いま流行《はや》りのインターネットオークションで、中古の食器洗い機を予約した。なんと千円。

「掘り出し物を見つけたよ」と仲間たちに写真を見せて自慢した。そこでみんなに「すっごーい」と絶賛され、私の賢さがホメタタエられるはずだったのだが「おや、錆《さ》びているじゃないの」とか「藤田家は六人家族じゃん。これって三人用じゃん」などなど鋭い指摘を受けて激しくウロタエた。

なるほど、たしかに錆びている。それに、六人で使うにはなんだか小さいような気もする。

ショックでうなだれていたら「でも、ハムスターを飼うにはちょうどいい大きさよ」と言ってなぐさめてくれた人がいた。気をつかってくれてありがとう。でも、だ、誰が食器洗い機でハムスター飼うんですかあ！

とにかく破格の千円なんだから、錆びててもしょうがないのだ。家族の人数分だけ洗えなくてもいいのだ。文句言ったらバチがあたるのだ。

ハッキリいって、私の買物運は悪い。この食器洗い機のほかにも、前にエッセイでも書いた「使った直後に壊れたミシン」や、「たたくと三十分だけ動く時計」、「コンセントをさしこむと音が出ないかわりに白い煙が出るアンティークラジオ」などなど、いくつかのスグレモノを手に入れている。

食器洗い機は、みんなに写真を見せた翌日に到着した。予想を裏切らぬボロい本体のほかに、さまざまなチューブやら金具やらをひとつに束ねた付属品が出てきた。

だが、説明書がないのでぜんぜんつなげ方がわからない。巨大な知恵の輪。何時間たっても台所の床に広がったままだ。

本当は妻が仕事から帰る前に台所に備えつけ「ほら♪」と見せて驚かすつもりだった。だけど、これじゃあ、驚いたあとにすごく怒るような気がする。まちがいない。

ありがとう

父が脳梗塞《こうそく》を患ってから一年半がすぎた。

倒れて以降、当事者の父はもちろんだけれど、父の面倒をみている母は大変だった。自分の足腰も不自由でありながら、毎週水曜日に父をリハビリに連れていき、ほかにも脳外科に泌尿器科に内科に歯医者さんにと、いろんなところにいってくれたのだから。

母もときには「忙しい」だの「メンドくさい」だのとブツブツと文句を言ってはいるが、実際のところは幼い弟の面倒をみる姉のように、しっかりと父のことをサポートしてくれるし、父も母を頼ってついていく。

父の頭脳や体は完璧《かんぺき》に回復した…とは言い難い。まだ少しばかり夢のなかにいるような状態である。真冬に部屋の戸を開けたままストーブをつけていたり、水道の水は出しっぱなしだったり。

先日は悪意のない失敗をして、よその人に怒られたらしい。本人は一生懸命でも失敗ばかり。そのたびに悲しい顔でうなだれて、そんな父がかわいそうに

なる。

病気をしてから父のことが「いとおしくなった」と母は言う。以前は頑固で偏屈で、自分が悪くても謝りもしないオヤジであったが、いまはすっかり素直になって、母の言うことを聞くようになった。そして、なにより驚くことは、母に対し、ごく自然に「ありがとう」と言うようになったことだ。今まではそんなこと、一度もなかった。

しかし、父はいつだって母に感謝していたのだ。それまで、へんな見えや意地で言えないでいた言葉も、病気になって素直になって、やっと言えるようになったのだ。

お父さん。あのまま逝かないでくれてありがとう。リハビリ大変だったでしょう。ここまで回復してくれてありがとう。がんばってくれてありがとう。あなたは大切な人です。ありがとう。

笑顔をまもる

先日、旧横越町の、とある子ども会に招かれて、「自分の身を守るって…どういうこと?」というテーマで話をさせてもらった。女性や子どもむけに護身術の本を書いた関係で、ときどきこういう場にも呼んでもらえる。公民館の畳の部屋に長机を置いて、とてもアットホームな集まりだった。

代表のかたが私を紹介してくれたときに「藤田さんは何歳だと思いますか?」と子どもたちに聞いた。そうしたら小学校高学年の聡明《そうめい》そうな男の子が元気に手をあげ「三十八歳!」と答えたのだ。実年齢より九歳も若い。ほかの子たちも「ウンウン」とうなずいている。

ああ、なんと正直な子どもたちであろう。私は、この子たちのために力いっぱい講義しちゃおうかなと思ったのであった。

さて、護身術というと、危険から身を守るための戦う術と思われるだろうが、戦う以前に危険な目に遭わないで生活していく方法が、本当の意味の護身術であろう。と、そのあたりのことを子どもたちに伝えた。

そして「キミたちが傷つくということは、キミたちを愛しているお父さんお母さん、おじいちゃんおばあちゃんの心も傷つくってことだよ。自分を守るってことは、キミたちを愛する人を守ることでもあるのだよ」と、そんなメッセージをこめて話をしたつもりだ。

いつのまにか、小さな子どもたちが私のいる長机の真ん前にきて座っていた。そして、私の顔をじっと見ている。なんだか珍獣になった気分でテレる。

大人たちが慌てて「こらこら」なんて言っているけど、私は平気。いちばん近くにきた女の子に「お話、おもしろいかな？」と聞いたら、はにかんだ笑顔で「うん」とうなずいてくれた。

この子たちの笑顔が、これからもずっと守られていきますように。そう願いながら、話を続けた。

緑の桜

娘を泣かしてしまった。免許取りたてのため、休日の早朝、運転の練習につきあっているのだが、あまりにヘタで腹が立ち、何度も怒鳴っていたら泣いてしまった。そう、短気な私が悪い。娘はわざとヘタに運転しているわけではない。悪かったなと思うけれど、素直に謝れない。家に戻り、二人黙って居間にいた。気まずい時間が過ぎていた。

「お母さんを連れて、緑の桜を見に行こうか。おまえの運転でさ」と、娘に言ってみた。

私の家の近くの公園に、緑色の花を咲かす桜の木がある。通称「緑の桜」。本当の名前は「御衣黄《ギョイコウ》」と言うらしい。薄い黄色と緑色が混じっている八重の桜。新聞やテレビで紹介されたこともあり、けっこう遠くからも見物にくる。

桜を見に行こうという私の提案に、娘は無表情で「うん」と返事をした。まだ機嫌は直ってない。

五分の乗車でたどり着き「運転、なかなかうまくなったね」なんて言いなが

ら車を降りて、桜の下まで歩いていった。

そこで写真を撮っていた先客のオジサンが「今日が一番の見ごろかな。もうちょっとすると、花の中が赤くなっちゃってね」と解説してくれた。私もデジカメを出して何枚か撮った。

少し離れたところで、娘は四つ葉のクローバーを探していた。桜を見にきているのに、まったくもう。ほんと、ちっちゃいときから四つ葉のクローバーが好きな子だった。

こっそり娘にカメラを向けてみた。ちょうど、「あった」と言って得意げに妻に見せたとこ。その笑顔に、カシャッ。

この子は、いつ、どんな人と結婚するのだろう。こんなふうに、父と娘として過ごせる時間は、あとどのくらい残っているのだろう。急に寂しくなったので、こっそり写真をいっぱい撮った。

楽しい通院

月に一度、胸の音を調べてもらいに、かかりつけの女医さんのところにいく。治ることのない病気なので、たぶん一生お世話になる予定。

その日はちょうど患者さんの切れ間だったようで、窓口のレディーたちに交じって、先生も仲よくおしゃべりしていた。

「あ、藤田さんだ。ひそひそひそ」

「安いミシンを買ってすぐに壊しちゃったんだよね、ひそひそひそ」

「こんどは中古で千円の食器洗い機を買ったんだって、ひそひそひそ」

「それがすっごいボロで使えないんだって。ひそひそひそ」

と、皆さんかなり大きな声でナイショ話をしている。ありがたいことに、この医院ではみんなが「家族っていいなあ」の読者である。だから、私の動向もバレバレ。

そうそう、去年の秋だったろうか、妻がここで健康診断したことがある。そのとき先生は妻の顔を見ながら「あなたもたいへんねえ」とシミジミ言ったそうだ。その横で、少し年上のナースさんも「ホント、たいへんねえ」と相槌《づち》を

打ち、妻も「はい、たいへんですぅ」とうなずき「ふうっ」と深いため息をついたという。

検診の結果、妻の体にはなんら異常はなかったのだが、私の存在が「たいへん」だということで話が盛りあがったらしい。まったくもう、ぷりぷり。

閑話休題。

診察を終え窓口に顔を出したら、担当のオネエサマに「藤田さんってニセモノの壺《つぼ》をだまされて買っちゃうタイプでしょう？」と聞かれた。想定外の質問に「そ、そんなことないです、たぶん」とシドロモドロに答えて出口に向かったら、診察室のほうから「奥さんにこれ以上迷惑をかけちゃダメですよー！」と先生の声がした。

「あ、はい」と、振り向きながら歩いていたら、半開きのドアに頭をぶつけ、かなり激しくモダエ苦しんだ。

親と子の対話術

重大発表がある。作家の重松清さんが「にっぽう文化講演会」で講師をやってくださるというのだ。平成十二年に、短編集の「ビタミンF」で直木賞を受賞したあの重松清さんである。

時は六月の二十五日。場所は朱鷺メッセのマリンホール。「親と子の対話術」というテーマでお話ししてくださるらしい。重松ファン必見である。

そしてさらに重大発表は続く。じつは、講演の後に対談が予定されているのであるが、その相手というのが、なんと、この私なのだ。びっくり。

対談の話を聞いて、妻は私の頭をポコポコたたいて「やったー」と喜び、高校生の息子は「すっごい！」と褒めてくれた。

生の重松さんとお話できるのだ。本当の本物なのだ。目の前で動くのだ。手を伸ばせば触れるのだ。サインをもらっちゃおうか。と、このお話をいただいた当初はすっかりミーハーな気分になって舞い上がっていたのであるが、しかし日を経るにつれ、だんだんと心配になってきた。気がつけば食欲不振で二キ

ロもやせた。重松さんはダイエットにも効く。
なんといっても直木賞作家の重松さんである。その対談相手が私でいいのだろうか。いや、よくないかもしれない。思いっきり萎縮《いしゅく》した私は、借りてきたネコよりすごい又借りしてきたネコみたいになっちゃうかもしれない。
私は、あまり深くモノごとを考えずに親をやってきたのかもしれない。「親と子の対話術」というテーマをもらっても、どんなことを話したらいいのかさっぱり思いつかないもの。もし、重松さんが振ってきた話題に反応できなかったらどうしよう。そんなことを思って今からドキドキしている。とってもうれしいのにとっても不安。
こんなオヤジ心の揺れたさまを、皆さまにも朱鷺メッセで見てもらいたい。どうぞよろしくです。

青春の読書

「お父さんのおすすめはどれ？」と、私の本棚をのぞきながら高1の息子が聞いた。勉強するのは疲れたし、ゲームも飽きたし、それでなんとなく本でも読みたい気分の土曜日の午後、だそうだ。

今までの息子の読書といえば、試験対策や感想文を書くためという、少々苦痛をともなうものが多かった。本来読書は楽しいものだと、それに気付いてくれたらうれしい。

「そうだなあ。お父さんがおまえくらいのときに面白いと思ったのはねえ…」と、最初に本棚から引き抜いたのは星新一のショートショート。次にどくとるマンボウ・北杜夫。そして狐狸庵先生・遠藤周作と、どんどんとお薦めが出てくる。

本を開くと、紙が焼けて茶色くなっていた。その色を見て、いまさらのように過ぎた年月を実感した。それらの本の奥付は、どれも三十年も前のものばかり。私が高校生のころ読んだ本だから、当然といえば当然だけれど。茶色くなったね、ボクの青春、とまあ、そんな寂しい気分であった。

「このあたりから読んでみたらいい」と言って息子に渡した何冊かの本。「でも、基本的には、自分の読む本は自分で探していったほうが楽しいんだぜ」なんて、ちょっとばかり偉そうに人生の先輩っぽいことも言ってみる。でも、私が青春時代に読んだ本を、息子も読むということがなんとなくうれしい。青春をバトンタッチした気分。

息子は手にした本をパラパラめくりながら、「そういえばお父さんもエッセーを出してるんだよね」なんて言うから苦笑いだ。「ツマンナイ本だから、読まないほうがいいよ」と答えてしまった。

私の本は、子どもたちがいつか結婚して親になったときか、もしくは私が死んじゃったときまで開かないほうがいい。だって、親バカがバレたら恥ずかしいもの。

ランナーの告白

告白する。私の脳は、このところかなり衰えてきているのかもしれない。

その日私は、旧亀田町の体育館に行っていた。油断していると、もれなく脇腹に贅《ぜい》肉がついてくる年ごろである。だから、時間を見つけては走るようにしている。

入口の自動ドアが開くと受付が見える。低い声で「おはよう…」と言いながら定期利用券を提示した。気分はニヒルな高倉健。一瞬の間の後、受付のオネエサマが「これ、ちがいますよ」とおっしゃった。「えっ?」とウロタエつつよく見れば、利用券と思っていたそのカードは、いつも行く女医さんのところの診察券であった。

体育館の帰りに寄ろうと思ってスポーツバッグに入れておいたのだ。「だって同じ大きさで、えっとえっと」とウロタエて、カバンの中をひっかきまわしてやっと利用券を取り出した。

オネエサマには笑われてしまったが、まあ、いい。私の目的は走ることだ。細事は気にしない。

更衣室でスポーツバッグを開け、中に用具一式が入っていることを確認した。こんな日は「トレパンを忘れて走れません」なんていうオチが待っているかと心配したが、大丈夫だった。

無事に着替えがすみ、タオルとスポーツドリンクを手に持ち颯爽《さっそう》とランニングコースへと向かった。さあ走ろう。

しかし、すぐにコソコソと戻ってきた。

ああ、どうしたというのだろう。今までこんなマチガイはなかった。スポーツドリンクだと思って持っていったボトルには「液体調味料・浅漬けの素」と書いてある。ちなみに「カツオ風味」。

いったいどこでどうしてこんなモノを持ってきてしまったのか。たしかに形は同じだが、これを間違うなんて情けない。飲む前に気付いてよかった、ほんと。

誕生日の新潟地震

「外に出なさいっ！」と叫んだ先生の声を覚えている。いつもの優しい声じゃなかった。

そのとき私は室内ブランコに乗って遊んでいた。そこは地元の古い公会堂で、当時は託児所として使われていた。よく晴れた日で、子どもたちのほとんどは外の砂場にいたのだが、私はたまたま室内ブランコをこいでいた。

天気がいいから外で遊べということかなと思い、ブランコを降りて歩きだしたとたん、目の前の壁がドサッと落ちた。上から下まで、みごとにドサッと、一気に全部。

なにがどうなったんだろう？　落ちた壁を見つめていたら、先生に抱きかかえられ外に出された。砂場ではみんなが騒いでいた。遠く、海のある方向にきのこ雲が見えた。昭和石油のタンクが炎上していた。

「ゴジラがきたの？」と先生に聞いたら「地震よ」と教えてくれた。「ジシン」の意味は、まだわからなかった。

タンクから出る黒い煙が、青い空を染めていった。それをボーッと見ていると、母が迎えにきてくれた。先生にサヨナラを言い、手をつないで帰った。帰り道、電線が何度もゆさゆさ揺れた。

家に戻ったら、床の間と風呂場の壁にヒビが入っていた。うちもかなり揺れたようだ。

夕方、母が裏庭に出て七輪《しちりん》に火をおこしていた。余震があるので、室内で火を使わないようにとの御達しがあったらしい。

　母はその七輪で私の大好きなカレーライスを作ってくれた。私は単純に「わーい」と喜んでいたけれど、あの状況でカレーライスを作るのは大変だったにちがいない。母は私の六歳の誕生日を祝うために、だいぶ無理をしてくれたと思う。

私は家族に守られながら安らかにカレーライスを食べ、そして眠った。
それからは、新潟地震の日がくるたびに、年をとっている。

かわいい約束

それは息子が小学校の低学年のときだった。

なにかの用事で私の車の助手席に乗っていた。そして、その日学校であったこと、たとえばイタズラがバレて先生に怒られた話や、他愛もないことで友だちとケンカしたことなど、いろいろ教えてくれて、私もそれを「うんうん」と楽しく聞いていた。

そんなとき、前方から純白のオープンカーが走ってきた。クラシックな高級外車である。「お、いいねえ」と声に出したら、「あれがほしいの？」と息子が聞いた。「うん。でも高くて買えないな」と答えたら「じゃあ、ぼくが大人になったら買ってあげるね」と言ってくれたのだ。

私が「ほんと？」と喜んだら、息子は「うん」と笑顔でうなずいた。

その夜、息子をベッドで寝かせつけ、そろそろいいかなと思ってその場から離れようとしたそのときに、息子の目がパチッと開いて「あのね、お父さん」と私を呼んだ。やや焦りつつ「なんだい」と答えると、「ボクがね、お父さんの

車を買うときね、お父さんもいっしょにきてね。ぼくね、車のことわからないから」って、ああ、なんてかわいいことを言うのだろう。

「うん、一緒にいくから大丈夫だよ」と息子の頭に手をやり答えたら、ちっちゃな声で「よかった」と言って、それからすぐに眠ってくれた。

あれから月日はたち、息子は高校生になった。今日、車で一緒に駅まで行った。車はあのときと同じもの。息子もあのときと同じ場所。ただ、あのときのように無邪気にしゃべってはくれず、静かに目をつむって乗っていた。

ふと昔を思い出し、信号待ちで止まったときに「おまえさ、お父さんに車を買ってくれるって約束したの、覚えてる？」と聞いてみた。

息子は相変わらず黙っていたが、ゆっくり目を開け「ふっ」と笑った。

電車乗り過ごし

先日の日曜日、新潟県テコンドー協会主催の大会に行ってきた。新潟県のレベルの高さを再認識した大会であった。

大会終了後、有志が十数人集まり、新潟駅前の居酒屋で反省会をした。それが午後の三時。

その後、何軒かハシゴをして、最後のオデン屋に到着したときは、テコンドー協会の理事長と副理事長、そして私の三人だけになっていた。気がつけば、飲み始めから八時間が過ぎていた。三人ともレフェリーストップ寸前の状態であり、「意識」と「電車」があるうちにオヒラキとした。

駅に着き、家に電話して電車の到着時刻を告げた。その時間に妻が私を迎えにきてくれる段取りなのだ。日曜日の終電は空席がいっぱいだった。

ルンルン気分でイスに腰掛け目をつむったら、その瞬間に意識が飛んだ。そしてドアの閉まる音で気がついた。「あ、新潟駅を出るのかな?」と思って窓の外を見たら、酔いと眠気が一気にさめた。

そこに見えたのは、私が降りるべき駅の風景であった。焦っているうちに電車はガタコーン、ガタコーンと小気味いい音をたてて加速していった。

「諸般の事情で予定していた駅に降りられなくなりました。追伸・・心からキミを愛しています。怒らないでください」

というメッセージを駅で待つ妻に可及的速やかに送り、事態を穏便に収束させたいところであった。しかし、彼女はいまどき珍しく「携帯電話を持たない人」なのだ。つまり、連絡のつけようがない。

結局、次の駅で降りたらタイミングよく反対側からの電車がやってきて無事に戻ることができた。

妻に心配掛けたことは深く反省している。どのくらい深いかというと、すぐにでもまたオデン屋で反省会をしたいくらいの深さ。今度は妻も一緒がいい。おいしいオデンを食べさせたい。

文化講演会

　まだスタッフしかいない朱鷺メッセ四階のマリンホールを、ドキドキしながら歩いてみた。静かだった。広かった。

　こんな立派なところで、私は直木賞作家の重松清さんと対談できるのだ。これまでの私の人生で最大のイベントである。

　ホールの外には、すでに開場を待っている人たちが大勢並んでいた。「お待たせしちゃってスミマセン」とおわびしたら「いいよいいよ」「毎週読んでますよ」「がんばって」と言ってくださってありがたかった。中には「記念に写真を」という人もいて、カメラを前にテレるテレる。

　本番では、それまでのドキドキがうそのように楽しく対談できた。私の中途半端な言葉を、重松さんがきれいに整理してくれた。直木賞作家は、文章だけではなく話すほうも達人だった。

　そしてすべてが終わり、先にロビーで待っていた妻と義母に合流したときに、お客さまからサインを求められた。ヘタな字でお受けしたが、ほんとにヘタ。

「奥さまもぜひ…」と言われ、妻もテレながら生涯初のサインをしていた。じつは彼女は意外と人気者で、「奥さまのファンです」という手紙も何通かいただいている。

朱鷺メッセを出て駐車場までの道中、こちらに向かって会釈してくださる方が何人もいらした。最初は「あれれ、誰だっけ？」と小声で妻と話しながら頭を下げていたのだけれど、途中で「あ、今日の講演会にきてくださった人たちだ」と気がついた。バス停や車の中から声をかけてくださったり手を振ってくださったり。うれしくって涙が出そうだった。

封を切らずに妻に渡した今回のギャラは、封をしたまま私のところに戻ってきている。

いつも、そう。妻はこういうお金が使えない。いつまでも、思い出とともに、とっている。

ある食卓

とある休日。その日の夕ごはんはスキヤキにしようということで、家族の意見がまとまった。

本来はもうちょっと涼しいときに食べたほうがよさそうであるが、その時期のわが家は学校だ塾だ仕事だで忙しすぎて、みんなが揃《そろ》って食卓を囲むことができなかった。

このごろになって、やっとみんな落ちついた。そんなわけで、夜はスキヤキ。少々暑くたっていい。食卓にみんなが揃っているならば、年中無休でスキヤキはうまいのだ。

スーパーで買った牛肉をテーブルに出し「会いたかったよスキヤキくーん。久しぶりだねスキヤキくーん♪」と熱く語りかけたそのときに、窓の外に見えたご近所の奥さまと目が合いクスッと笑われた。うちの台所は道路に面しているので、ちょっと大きな声を出すと外に情報が筒抜けなのだ。今回の私の独り言で、藤田家が久しくスキヤキを食べていなかった事実がご近所に知れ渡って

しまったにちがいない。

さて、スキヤキはとてもおいしくできあがり、家族みんなで汗を流しながら肉も野菜もほぼ食べつくしたそのときに「あっ、いいことを思いついた！」と妻が言った。なんだなんだと注目したら、「アタシね、スキヤキを食べ終わったあとのオツユにね、冷蔵庫に残っているウドンを入れようと思うの♪」とうれしそうに言うのだ。たしかに冷蔵庫には賞味期限の切れそうなウドンがひとつあった。

妻はルンルンとそれを取り出し鍋に入れ、「ほしい人、いる？」と聞くけれど、だれももう食べられない。

一人でみごとに食べ終えた妻は「おなかいっぱーい」と言って、畳の上に横になり、静かになったと思ったら、いつのまにか眠っていた。

妻の皮下脂肪増加を憂いつつ、その夜の食器は私が洗った。

鉄のヒヨコ

以前、イタリア製スクーターの中古ベスパを超破格値で手に入れた話を書いた。

そのベスパが前のオーナーさんのところに二カ月ほど里帰りしていたのだが、再び戻ってきてくれた。長生きしているバイクゆえの不具合が少々あり、それを前のオーナーさんが気にかけてくれ、忙しいなかコツコツと整備してくれたのだ。

戻ってきたベスパに乗ってビックリ。見た目は以前と同様ちょいと錆《さ》びた黄色いスクーターだけども、中身がすごくよくなっている。エンジンのパワーは倍になった感じだし、ブレーキも三倍快適。排気音だって「ビーッパパパッ！」と元気でお茶目《ちゃめ》だ。

こうなると、乗るのが今まで以上に楽しくなって、晴れた日は用もないのに走りまわってしまう。雨の日は車庫の中で磨いてみたりお気に入りのステッカーを張ってみたり。

そうそう、ステッカーといえばいつも私のエッセーにイラストを描いてくれている須田久子さん。須田さんのオリジナルキャラに「ピヨ」という愛らしい

ヒヨコがいるのだが、そのピヨのシールを私のベスパのために作ってくれるというではないか。楽しみ楽しみ。はやくできないかなあ。

さて、「ビーッパパパッ！」とお茶目な排気音をたてながら家のそばを走っていたら、門のところに息子が立っていた。その横に停《と》まり「ほら、いいだろう」と自慢すると、息子は私とベスパを見比べて「バイクはかわいいけどねえ…」と言うのであった。そのあとに続く言葉が容易に想像できたので「ええいウルサイ、皆まで言うな！」と怒りつつ「ビーッパパパッ！」とニヒルにその場を走り去った。

が、想像以上の急加速で危うく振り落とされるところだった。カッコわるくて、親の威厳がちょっと減ったかも。

麻の服

父の日に、麻の上着をプレゼントした。

二年前の脳梗塞《こうそく》で、父はちょっとばかり手足の動きが不自由になった。だから、そんな体でも着やすいようにと、頭からすっぽりかぶりボタンを止めなくてもいい方式の服にした。

病気以降、しっかりしているように見えても、ときどき夢の世界を漂う父である。ヨボヨボのステテコ姿でお客さんの前に出てきたりすると家族は慌てる。身内以外には見せたくない姿だ。

だから、「自分の部屋から出るときは服装を確かめて。もしステテコしか着ていなかったらちゃんと服を着てから出るようにね」と頼んである。

病気してから父は変わった。頑固さが消え、私の言うことはちゃんと守ろうとしてくれる。しかし、変わったのは父の意志じゃない。病気が父を変えているのだ。

ある日の昼間、私に来客があった。奥の部屋で話をしているときに「こんにちは」と父がきた。服は忘れずに着ていたが、ズボンのファスナーが開きっぱ

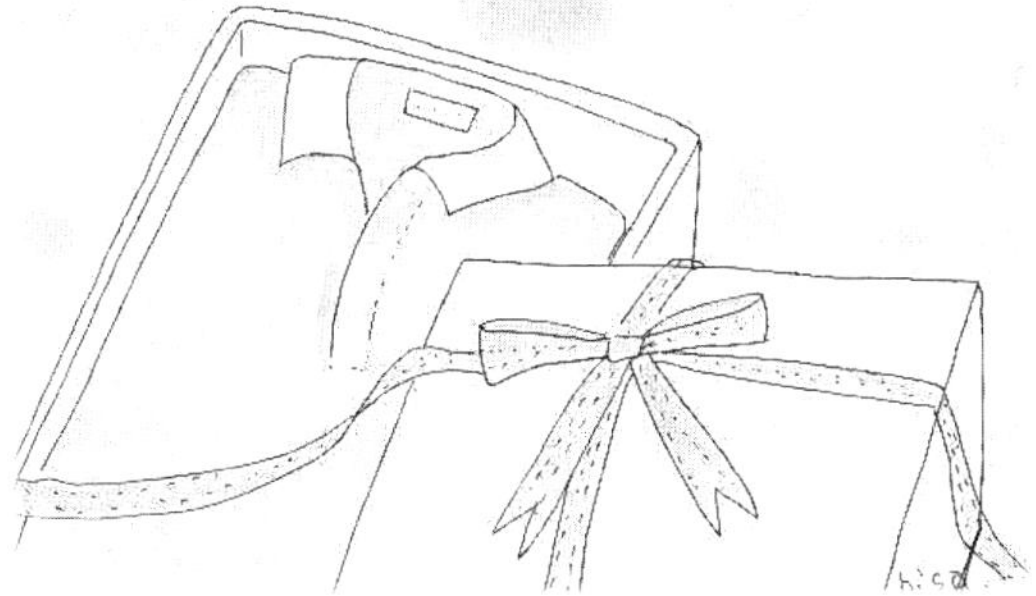

なし。「じいちゃん、ちょっとそこがヘンだよ」と指さして言うと「ハッ」とした顔で慌てて直した。ファスナーを無事に閉めてメデタシメデタシ。となればいいのだが、まだまだへんだ。本来は外に出すはずの上着のスソがズボンの中に入っている。それにだいいち前と後ろが逆である。

父なりに一生懸命着たのだろうが、ちょっと詰めが甘かった。お客さんに待ってもらって、父の服を着せ直した。両手を抜いてクルッと回して「さあ、これでできあがり。せっかくのオシャレな服なのに、前と後ろが逆だとカッコわるいもんね」と笑って言ったら、父もいっしょに「あはは」と笑った。

父の笑顔がせつなくて、私はそっと視線をそらした。

コロッケの副作用

今年も母の植えたジャガイモが大きく育った。

その掘りたてを使い、毎年コロッケを作っている。ちょっと前までは「するな！」と言うのに「するのーっ！」と叫んで手伝いしてくれた子どもたちも、今では呼んでもきてくれない。だから、妻と二人で静かに作る。

まだピチピチ跳ねているような生きのいいジャガイモ。それを茹《ゆ》でてつぶして塩をまぶして、そこでたまらず味見だ。あ、うまい。フライパンで炒《いた》めておいたタマネギとひき肉を混ぜあわせ、ここでまた味見。うわ、うまい。カレー味も作ろうと、混ぜた半分を別のボールに移してカレー粉をまぶして味見。お、うますぎ。

子どもたちが幼いころは、いつのまにか星形やヘビの形のコロッケができあがっていたものだが、今はポテトコロッケが小判形に、カレー味は丸形に成形されるだけ。

最後に手についたコロッケのタネをお行儀悪くムシャムシャ食べてオシマイ。

この時点でおなかいっぱいでもうなんにも入りませんという状態なのだが、千切りキャベツの上に載ってジュクジュクと音をたてる揚げたてコロッケに心が騒ぐ。熱々のご飯と味噌《みそ》汁が「はい！」と出てきたらもうダメで、「すまん、オレが悪かった」と全面的に降伏し一気に食べてしまう。

翌日も朝からコロッケであるが、おいしいから苦にはならぬ。それどころかいつもよりもご飯の量が増え、気付けば体脂肪も増えている。

もちろん意志の強い私であるから、コロッケで増えたぶんぐらいは日々の厳しいトレーニングで簡単に落とせるのだ。しかし、私だけ脂肪の少ない体になっては妻に悪い。だからあえてそのままでいく。

私の体脂肪の半分は、妻への愛でできていると言っても過言ではない。後ろで妻が「過言です！」と叫んでいるが、ああ、ぜんぜん聞こえない。

リベンジの秋

こう見えて、じつはランナーである。

そう言うと「ほんとか?」という顔する人ばかりでガッカリするが、なんのなんの、たしかに見た目は遅そうには見えるけれども、じつは見た目よりももっともっと遅い。

まあランニングの実力は伸び悩みであるが、気合は年々高まっていく。去年は「チームつるかめ」というランニングチームまで結成した。ただいまの会員は四人。私と妻と娘と息子。ちなみに、私以外の三人は会員になったことを知らない。知った途端に脱会しそうなので知らせていない。

身内以外の会員はまだいない。旧亀田町の体育館で走っているランニング仲間たちに声をかけてみたのだが「名前がヘン」といって誰も加入してくれない。ただいま会員募集中。入会資格は「足が速くないこと」。

さて、そろそろ秋の新潟マラソンの申し込み締め切りである。私はまた十キロを走る予定。そして、今年こそはカエルランナーにリベンジするつもりだ。

去年も一昨年も、私はカエルのかぶり物をしたランナーに負けている。ただでさえ暑いのに、あんなものをかぶって私よりも速いからケシカラン。しかも、ゴール付近でわが妻と娘の視線をくぎ付けにし、私がゴールしたことも気づかせなかったのだから悔しすぎ。

今年はなんとかカエルに一矢報い…あ、こんな私の意気込みを知ってカエルランナーがさらに精進してしまっては困る。あちらは年々タイムが上がり、こちらは年々落ちているのだ。

もしもお近くに心のあたりのランナーがいたら、「今年のフジタは食べすぎで走れないらしい」とかナントカささやいて油断させてもらいたい。うまくいったら、お礼にチームつるかめの会員券をプレゼントしてもいい。いや、断ってもあげちゃう。返品不可です。

偽装ヘルメット

毎月一回かかりつけの女医さんに心臓の調子を診てもらっている。

今回はイタリアンなスクーターのベスパに乗って診察に行ってきた。ガソリン価格高騰のおり、一リッターで何十キロも走ってくれるバイクは偉い。軽やかな排気音とともに到着し、玄関前にベスパを止めてハンドルロック。ヘルメットを脱いで回れ右で歩きだし、自動ドアが開くと同時に、窓の向こうのオネエサマたちに向かってお辞儀した。笑顔で「こんにちは」。

しかし、いつもとちがう。ちょっとヘン。オネエサマたちがノケゾっている。そして、「ひどいわ、ひどいわ」と言っている。その言葉にウロタエつつ「なにかありましたか?」と診察券を窓口に出した。

じつは、派手目なイタリアンのスクーターが入ってきたのを見て、珍しく若者が診察にきたと思って、窓口で盛りあがったらしい。「どうしたのかしら、風邪かしら。それとも悩める若者の心の病なのかしら。いらっしゃい、なんでも治してあげますわよ、うふっ」とかナントカ言いあって、みんなでワクワクし

たそうだ。しかし、ヘルメットをとって振り向いた男はオヤジ街道爆走中の「私」だったというわけ。

「まったくもうショックですからぁ」とオネエサマたちにさんざん言われ、その勢いに負けて「すみません」と謝ってしまった小心な私。

診察室で先生に「体調はいかがですか?」と聞かれ「バッチリです」とお答えしたけれど、いつもより血圧が二十上がっていた。「窓口性高血圧症」であろうか。

診察を終え、次は薬局。ベスパのエンジンをかけ…ようと思ったがやっぱりやめて、ヘルメットを持ちながらトコトコ押して歩いていった。薬局のオネエサマたちに、過度な期待を与えぬために。

秋の訪れ

今年も親子四人で墓参りに行ってきた。

歩くのに不自由のある父と母は、車でいける昼間のうちにお参りしているが、墓参りはできたら夜がいい。チョウチンを持って、テクテクと歩いていくのがいい。お墓まで、わが家から歩いて五分。

暗くなるとチョウチンの灯が三々五々道路の上に動きだす。わが家も親子四人でチョウチンを二つ持って歩きだす。

子どもたちの幼いころは、頼まなくても持ってくれたチョウチンだった。しかし、ある程度成長すると「チョウチンなんてコドモみたいで恥ずかしい」となんとかコドモのくせに言いだした。そんなわけで、最近は私と妻がお花の絵の描かれたチョウチンを持っているのだが、妻はともかく、私にはまったくもって可愛《かわい》すぎてヘン。

「ご先祖さまはチョウチンの灯を目印にして家に帰るんだよ」と子どものころ親に聞かされていた。だから火を消さぬよう緊張して歩いた。それでもなにかの

加減で消えてしまうこともある。そんなときは半ベソで「早く早く」と両親に催促して火を付けてもらったものだ。「ご先祖さま、大丈夫かなあ。迷子にならないかなあ」と本気になって心配して。

わが子たちにも、私が聞いたとおりに伝えておいた。だから、家に帰る途中でチョウチンのロウソクが燃えつきそうになると「早く早く」とせかしてくれた。

子どもたちの成長とともに歩くスピードは速くなる。一本のロウソクで進める距離も延びてきて、最近は家に戻るまでロウソクの火が消えることはなくなった。

仏壇の前に座って手を合わせる。私の後ろで、妻と子どもたちもお行儀よく座って手を合わせている。

縁側の向こうでコオロギが鳴いていた。秋の訪れは、いつも夜気付く。

夏の宿題

夏休みの宿題には毎年苦しんだ。休み前は「今年こそ早めに終わらせよう」と誓うのだけれど、例外なくいつもダメ。

中学のとき「ノレン製作」という宿題が出た。台所の入り口にかかっているあのノレンである。

最初にその課題を聞いたときは「お、いいねえ。歴史に残るノレンを作ってやろうじゃないか」だなんて、とにかく心意気だけは「あっと驚く重要文化財級」のノレン職人の気分であった。

しかし、例の如《ごと》くである。いつまでたっても手つかずで、もはや一刻の猶予もないことに気がつく夏休み最終日。

「イカンぞイカンぞ」と文房具屋さんから大急ぎで紙粘土を買ってきて、それを丸めて小さなダンゴをいっぱい作り、そこに糸を通して竹やぶから拾ってきた枝に縛りつけた。あっというまに「ノレン」の完成である。一見するとノレンと思えないあたりが素晴らしい。

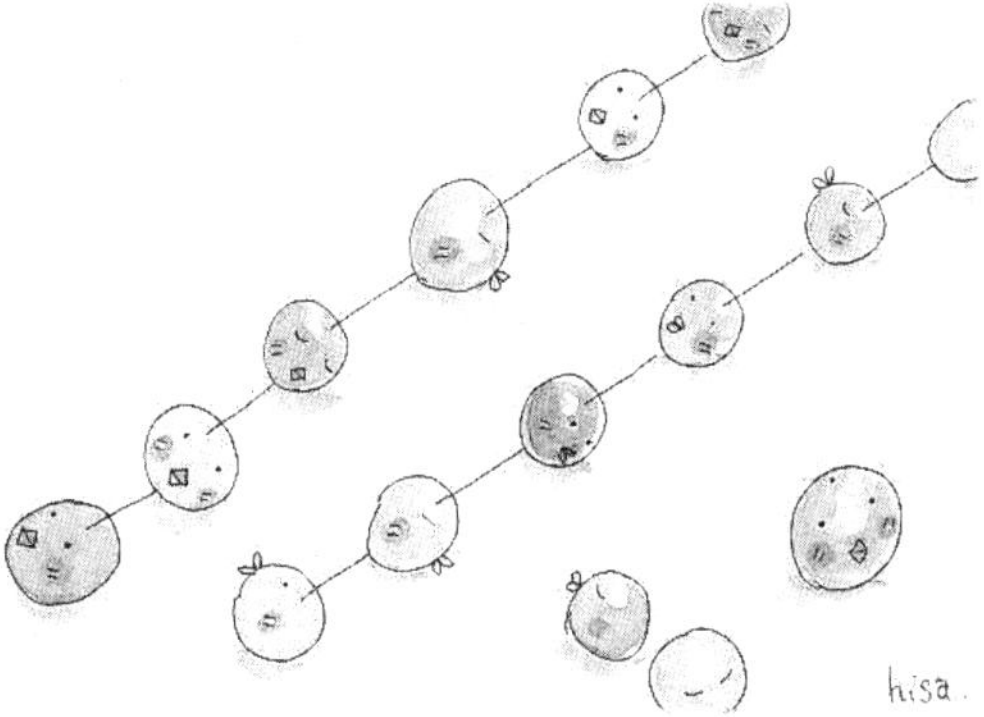

物干しで一晩乾かして始業式の朝を迎えたのだが、私のノレンを見ながら小学二年の弟が泣くのであった。自分も「ノレン」が欲しいと言う。弟も私と同じく遊びほうけて宿題が完成していなかった。このあたり、兄弟揃《そろ》ってどうしようもないわけで、まったくもって親の顔が見たいくらい。

弟があんまり泣くし、兄として監督不行届の責任も感じるし、しょうがないから私のノレンをくれてやった。おかげで私は宿題未提出となり、かなり怒られた気がするが、弟が喜んでいたので、まあよかろう。

二学期もだいぶ過ぎたころ、なにげなく弟の部屋に入っていったら机の上にノレンがあった。夏の宿題が返ってきていたのだ。シミジミしながら手にとれば、なにか紙がついてる。どれどれと見てみたら、「もっとがんばりましょう」と書かれた赤いスタンプが押されていた。

手と手に

最後にわが子と手をつないだのはいつだったろうか。残念ながら、もう思い出せない。

幼いころのわが子たちは、いつだって私と手をつないでくれていた。私の横に立ちながら、前を見たまま私の手を探してくれた。私がその手をつかむまで、じっと待っていてくれた。子どもたちは、いまも私の手の温《ぬく》もりを覚えているだろうか。

気がつけば、ずいぶん前からわが子たちは私の手から離れていた。そう、子どもは親の手を離れるようプログラムされているのだ。そうでなければ困るのだ。アッタリマエなのだ。と、理屈ではわかっている。わかっているが、寂しい。

だからといって「お父さんは寂しいのだあ」なんて大学生の娘の手を握ったりしたら大問題に発展しそうだし。

いま、幼い子たちと手をつないでいる人を見るとうらやましい。あのころもっと手をつないでおけばと悔やんでいるところだ。忙しくたって疲れていたって、子どもたちが求める限り手をつなげばよかった。できなくなってやっとわ

かって、わかったときには、ちょっと遅かった。
いま、私の差し出す手を喜んでくれるのは雑種の黒犬・愛犬ハチだけ。わが子たちが幼いころしていたように、全身で「お父さん大好き大好き」と喜びをあらわし飛び回り、私の手に前足を乗せてくれる。ああ、こんな姿をハチ以外の家族はもうみせてくれない。
台所に行き、夕ごはんの支度をしていた妻に後ろから声をかけてみた。「奥さま、お手をどうぞ」と。妻は私の差し出す手を握ってくれるだろうかなんてことを思って。
振り向いた妻は、私の手を見て「あら、ありがとう」と思いのほか喜んでくれた。そして「これをお味噌《みそ》汁に入れてね」と言って、私の手のひらに豆腐をのせた。

イチオ

ふと再会した幼なじみの女の子に「イチオくん」と名前で呼ばれた。すると、気持ちが一気に子ども時代まで戻っていった。あのころはいつも名前で呼ばれていた。男の子からは「イチオ」、女の子からは「イチオくん」。

イチオっていう音の響きは好きだ。けれど、字がいまひとつ好きじゃない。「市」と「男」の組み合わせってなんだか古くさい感じ。じつは、太平洋戦争で亡くなった父の兄の名前だ。祖母がつけた。最初は大正生まれの人につけられた名前だから、古くてアタリマエなのだ。「市男」にはどんな意味があるのかと祖母に聞いたことがある。しかし、意味不明。ただ単に先祖に「市」のつく人が多いからという答えだった。

奥さんが旦那《だんな》さんのことを「○○さん」と名前で呼ぶ家がある。すごくステキだと思う。

妻は私のことをどこでも「お父さん」と呼ぶ。「お父さん」と呼ばれたからと言って「オレはおまえのお父さんじゃない！」と怒ったりする気はないけれど、

どちらかといえば「イチオさん」って呼んでもらいたかった。しかし、テレ屋の妻にこれからそうしてくれと要求しても難しかろう。だからこれからも「お父さん」でいい。孫ができたら自動的に「おじいさん」だろうけど。

ちなみに、結婚前は「藤田さん」と呼んでいた。「あたしね、結婚してからも藤田さんって呼ぶわ」と言っていたけど、気が変わったらしい。

家の近所を散歩していると、ときどき「イチオちゃん」と声をかけられる。母と同年代の奥様たちからだ。四十八歳になって「イチオちゃん」は少々テレるが、赤ちゃんのころからずっと見られているわけで、いつまでたってもこちらがコドモ。だから「こんにちは」とお利口にあいさつをするイチオちゃんである。

笑顔の涙

日報社経由で読者のかたから手紙が届くことがある。担当のデスクがわが家に転送してくれるのだ。

それを読むのがホントに楽しみ。これまでファンレターなるものをもらったことがないので免疫がない。だから毎回とっても感激しながら読んでいる。

先日いただいたお手紙は、ちょっとせつない内容だった。それは、最近ご主人を亡くされたばかりの若い奥様からの手紙で「母と子の三人になってしまいましたが、不幸に負けず生きていきます」と、彼女の覚悟が書かれてあった。

読みながら、震えた。つらかったろう。いや、そんな言葉では足りないことはわかっている。いまの私が想像できている以上につらかったにちがいないのだ。不幸と思われる多くのことは、気の持ちようで悲しみを消すことができると私は思う。しかし、ときにはどうしても耐えきれないことがある。どうしても我慢できないことがある。

そんなときは、つらさに負けて泣いていい。いっぱいいっぱい泣いていい。

我慢できないんだもの。苦しいんだもの。

でも、どんなに泣いたって、彼女たちは泣きっぱなしなんかじゃない。いつか心から笑えるときがくる。家族を愛したあの人が「悲しませてごめん」と言いながら、家族ががんばり続けられるように見守っているはずだもの。

幸せをあきらめないかぎり、私たちは幸せになる。

手紙の終わりに「すこしシワシワのこの便せんは、息子が小学校の卒業式の日に『お母さんありがとう』とくれたものです。たいせつにしまいこんでいたら、こんなになって」と書いてあった。

宝物の便せんで手紙をくれたのかと、そう思ったら不意に涙がこぼれた。我慢してたのに。

哀愁の腰骨

なにを隠そう、私は腰の骨がヘンである。

母を足の治療で整形外科へ連れていき、そのついでに私も腰をレントゲンで診てもらった。このところ軽いギックリ腰状態で、背中をまっすぐに伸ばせないのだ。

その診断の結果明らかとなった衝撃の事実。専門的な話は省略するが、ようするに私の背骨と骨盤は生まれつき「たいへん弱くて疲れやすい」配置で組み合わさっているという。

たしかに子どものころから長く立っているのは苦手だった。電車に乗ればすぐに腰かけたがるし、朝礼で校長先生の話が長くなるといつもフラフラ揺れていた。私に堪《こら》え性がないせいだろうと思っていたのだが、なるほど、生まれながらの不都合ならばしようがない。今さら組み立て直すわけにもいかぬらしいし。

その夜、子どもたちにも腰のことを報告した。

「お父さんの話を聞いてくれ」と言う私の神妙な声に振り向く二人。

「お父さんの腰の骨だけどな、一般的な組み合わせとちょっと違うということがわかった。だから、立っているとすぐに疲れて座りたくなる。それは生まれながらの体質だったのだ。なのにお父さんはずっと自分を責めていた。お父さんに根性がないせいだと思っていた」。二人は「？」という顔で私を見ている。

「お父さんは、もう自分を責めないことにした。もっと自分に優しく生きることにした。お父さんの机の上がいつも散らかっているのも、最近気になる加齢臭も、みんな腰のせいにすることにした」と調子にのって主張してみたが、子どもたちはあきれてテレビに視線を戻してしまった。

「大丈夫よ。あなたは今までだってじゅうぶん自分自身に優しい人だったわ」と、妻は笑って腰に湿布をしてくれた。

二十歳

真新しい保育園のスモックを着て、私が入院している病室に「お父さん、見て見て♪」と歌うように入ってきたのが、文字どおり昨日のことのよう。

あのときの私は胆のうの病気を患い、鼻からもおなかからも管がいっぱい出ていたし、点滴の瓶を何本もぶらさげていた。初めて見るやつれた父の姿に、娘の歌声は一瞬で止まった。

弱っている私の姿を見せたくないと、病状が悪化したあと娘を見舞いに来させなかった。正直言えば、三度の手術を終えて、私はちょっと危ない状態であった。

娘の名前を呼び手招きをした。「いまはちょっと元気がないけどね、でも大丈夫だよ」と、そう言いながら小さな手を握ったら、娘はニッコリ笑ってくれた。その笑顔を見て、娘に私の思い出をいっぱい残そうと思った。

娘は、あと二日で二十歳になる。親の私が言うのもナンだけれど、本当によい子に育ってくれた。うちの娘と結婚する男は幸せ者だ。いや、もちろんそん

な予定はぜんぜんなくて、たとえばの話。しかし、年ごろだもの、わが娘のことをニクからず思っている青年もいるのかもしれない。その日がいつかはわからぬが、ちょっと顔を赤らめ「彼なの」なんて紹介されたら、んもー、その場で彼を蹴《け》とばしちゃうかもしれない。

しかし、私も同じことをしてきたのだ。妻が二十一歳の時、私は妻の家に「結婚させてください」と許しをもらいに行った。どこぞの馬の骨かもわからぬ若造を、妻の両親は温かく迎えてくれた。ありがたいことだ。

最後に、娘の友人たちへ。いつも読んでくれてありがとう。今日のこのエッセーは、いつものようにあの子に内証で書いたものだから（本人は読んでない）、「見たよ」ってメールはしちゃだめよ（ニコニコ）。

食堂に行こう

小学校に入りかけのころ、父と二人で見知らぬ街の「食堂」に入った。四十年も前のことだ。どんな理由でその街に行ったのかは記憶にないが、ルンルンとスキップして父のあとをついていったことは覚えている。当時のわが家では、外食はとてもゼイタクなイベントだったから。

中に入ると「いらっしゃい！」と威勢のいい声が聞こえた。父は私を連れてテーブル席に座り「ラーメン二つ」と言った。あのころ、外で食べるものといえばラーメンだった。とにかく安くておいしかった。

しかし店主は「すみません。ラーメンはないんです」とさみしく答えた。一瞬の沈黙のあと父は「じゃあ、カレーライス二つ」と言ったので私は驚喜した。外食のカレーライスはすごいご馳走《ちそう》だった。ラーメンよりも一ランク値段が高かった。

なのに「すみません、カレーライスもないんです」と、これまたすまなそうに店主は答えた。それを聞いて父は「ラーメンもカレーライスもないんかね」

と、やや責める口調で言った。私も父の横で「そうだそうだ！」と同調していた。ラーメンもカレーライスもないなんてケシカランと。

「うち、寿司《すし》屋でして」と、店主はぺこぺこ謝った。父は「しょうがないなあ」と言いながら私を連れて店を出た。寿司屋のオヤジさんは店の奥から「すみませーん」とまたも謝っていたが、いま思えば、できた人だ。私なら、寿司屋でラーメンを注文するバカ親子には、その場で塩の三キロも撒《ま》き散らすところだ。

いま「たまには外で食べようか」と父を外食に誘うのだが、ちっちゃな声で「じょうずに食べられないから…」と言って断られる。脳梗塞《こうそく》を患ってから、父はとても気弱になった。

こぼしたっていいのにな、お父さん。

雨のマラソン

「今年のカエルはどうだった?」と、何人からも聞かれた。カエルとは、カエルの被《かぶ》り物をして新潟マラソン十キロの部を走る謎のランナーのことだ。私はそのカエルに去年も一昨年も負けている。そのつどエッセーに悔しい思いを書いてきたのだが、さて今回はいかに。

今年の新潟マラソンはきびしい雨風の中を走ることとなったが、今回はそれが勝負をわけた。

定刻の十時十分にスタートし、競技場から外に出たところでカエルに抜かれた。毎回このパターンだ。いつもそこからジワジワと離されてしまうのだが、今回は折り返し地点までついていくことができた。

私の調子がいいこともあるが、それ以上にカエルの調子が悪そうだ。きっと布製の被り物が雨水を吸って重くなっているのだ。そのうえ強風である。空力抵抗の大きな頭が「重たい・揺れる」で走りに悪影響を与えているはずだ。今年のカエルはハンデがたっぷり。しかし勝負に情けは禁物なのだ。チャンスと

思ってカエルを右側からささっと抜いた。
それからは、心の中で「きゃー！」と叫びながら必死で逃げた。気がつけば、自己記録を三分縮めてのゴールだった！　すごいすごい。いやー、なんだか自慢話みたいだなあ。そんなの書くのは趣味じゃないなあ、はっはっは（いやな性格）。
しかし、今回は実力以上の結果だ。うれしいけれど体がビックリして翌日から熱と下痢が一週間続いたもの。おかげで楽しみにしていた山形のフルマラソンに参加できなかった。
今もまだ熱でフラフラしているが、それでもこうしてエッセーを書いているからえらい。マラソンもエッセーも、家族はあんまりほめないけれど、自分でしっかりほめるからいいのだ。よしよし、すごいぞ、よーし（あ、ちょっとむなしい）。

見知らぬあなたへ

匿名で手紙をいただいた。若くしてご主人を亡くしたご婦人のことを「笑顔の涙」というエッセーにして先月のこの欄に載せたときの、その感想であった。そのかたも、若くしてご主人を亡くされていた。幼子に涙を見せまいと、辛《つら》さに耐えて泣くことをずっと我慢していた人だった。

どうして運命は弱い者いじめをするのだろう。善良に生きてきた家族を苦しめるのだろう。

返事を出したかったが、匿名であるからそれができない。今回はとくべつにこの場で返事を書かせてもらおう。

『匿名のあなたへ』

あなたの手紙に「愛する人がいなくなっても、私は生きていかなければなりません」と書いてありました。

そうなのです。あなたは生きていかねばなりません。でも、それは苦しみに耐えてむりやり生きるということじゃなく、あなたが幸せになるために生きて

いくということですね。
あなたの本当の辛さを想像しきれない私です。あなたの辛さを引き受けることもできない私です。それでもいい人ぶって「がんばりましたね」と言わせてください。
幼いお子さんを不安がらせないよう、あなたはこれまでいっぱい我慢してきたのですね。涙を隠し、震えながらも強い人を演じてきたのですね。でも、きっともう平気です。もし涙を見られたとしても、あなたの坊やは、いつもあなたがしてくれているように「ママ、大丈夫だよ。ボクがここにいるからね」と、やさしく背中をなでてくれるでしょう。泣いたって、不幸に負けたわけじゃないんです。
あなたは私のエッセーから勇気をもらったと書いてくれました。でも、勇気づけられたのは私です。私はあなたのことをずっと忘れません。

結婚の日

十一月三日「文化の日」、つまりこのエッセーが載る今日は、妻と私の結婚記念日である。早いものでもう二十一年だ。

祝日に結婚式をすれば、将来もずっと全日本的にメデタイ日であるぞと思っていたのに、いつのまにかハッピーマンデー法によって、ただの平日になっていたなんて話をよく聞く。しかし、わが記念日の「文化の日」は、ずっと十一月三日のままがんばっているのでありがたい。

去年は二十年という節目でもあったし、ヘソクリがバレてしまったこともあって、しょうがな、い、いや、心からの感謝の気持ちで妻にネックレスを贈った。

今年は二十一年という中途半端な数であるので、とりたててプレゼントの予定もないが、妻の顔を見たら「これからもよろしく」と言っておこう。

二十一年前の朝、式の準備で外に出られない私たちのために、友人が市役所に結婚届を持っていってくれた。新婚旅行で万が一の事故にあったとき、別々の名字で呼ばれるのは悲しいからと、妻の希望で式の当日に入籍したのだ。

式の終わりに両親に向けた妻の手紙が朗読され、花束の贈呈。なんとも感動のシーンであるが、私が義父に花束を渡すとき、二人で頭をゴツンとぶつけてノケゾっていた。

義父の顔を見たら涙ぐんでいたが、もちろん頭が痛いわけじゃない。花嫁の父は、とてつもなく悲しいのだ。

いずれわが娘も結婚するときがくると思うが（こなくてもいいが）どうもその日の私はカゼをひき、結婚式を休んでいる気がするのだ。悲しい式場なんぞいきたくないから、家でテレビを見ながら待っている。

そしてその夜は、妻が持ってきた折り箱のご馳走《ち》《そう》をマズそうに食べながら、新婚旅行先からかかってきた電話に「けっ」なんて毒づいている予感。ああ、やだ。

ある講演会

今年はたくさんの講演会に出させてもらった。

何度やってもシロウトで、始まる前は毎回ドキドキだから困ってしまう。謙《けん》遜《そん》でもなんでもなく、本当にロクな話もできず申し訳なく、お金をもらうのがまことに心苦しい。だからいつも「謝礼」と書かれた袋から中身を半分取り出して「値引き分です」と言って置いて帰りたい気分なのだ。いまのところ、経済的な理由で実行してはいないが。

さて、その日は見附の小学校の講演会で、朝の四時に目が覚めた。講演の日はいつもこんな感じ。緊張して早く目覚める。妻を起こさぬよう、そっとベッドから抜け出して、ヌキアシサシアシで台所にたどり着き、前夜のカレーライスを温め黙々と食べた。

講演では、とにかく時間に遅れないことを最優先にしている。大勢の人が待っているのに講師がいないのではシャレにならない。話す内容はデタラメでも、到着の時間だけは正確にと思っている。だから、じゅうぶん余裕を持って家を

出て、会場近くで時間をつぶし、約束した時間に到着するようにしているのだ。

今回も早めに家を出た。幸いなことになんの問題もなく車は走り、順調に目的地に到着した。

駐車場に車を止めて、ふうっと深呼吸のあとニヒルな顔で校長室に入っていった。先生はジャージ姿でくつろいでおられて、私の姿を見て「あ、どうもどうも」と、ビックリした様子だった。そのあと、役員の方々も息を切らせてやってきた。

出されたお茶を気どった顔で飲んでいると、後ろでヒソヒソと声がしている。「まだ」とか「早すぎ」とかナントカ。

「どうかしましたか？」とめいっぱいの笑顔で聞いてみて、そしてそこで告げられた新事実。

ワタクシ、始まる時間を勘違いして、一時間早く到着していた。

感謝です

お知らせがある。

ひとつは、この「家族っていいなあ」が年内で終わるということ。少し前から「紙面リニューアルに伴い連載は終了」との話は聞いていたのだが、正式に告知されるまでは黙っていなければならなかった。

読者の皆さまから応援のメッセージをいただくたびに「ありがとう、でも、もうすぐ終わります」と謝りたいところを、いつも曖昧《あいまい》な笑顔でごまかしていた。ナイショにしていてごめんなさい。残念だけど、今年いっぱい。これまでありがとうございました。

気を取りなおして、もうひとつお知らせ。じつはあるご婦人からうれしいメールをいただいた。古本屋さんで拙著エッセー集「父はなくとも…」を見つけ、それを買ってくださったというのだ。本屋さんには滅多《めった》に並ばぬ幻の本と言われていたが、それが古本屋さんにいたとは驚きだ。

「がんばったなあ」というのが本に対する正直な気持ち。売れない本だと思っていたのに、二回も売れていた。

残念ながら最初の買い主には馴染《なじ》まなかったようだが、そのあと「この本を本棚の真ん中に置いておきます」と言ってくれる人のもとにたどり着けた。そして、そのご婦人のメールには、さらにうれしいことが書いてあった。「本を点訳していきます。冬までには図書館に納本したいと思っています」と。すごいすごい。

「目の見えない人にも私の本を」という想《おも》いはあったが、私の力だけではできなかったことだ。それを、善意で橋渡ししてくださる人がいたことがうれしい。

こういうご縁も、ここに連載させてもらったおかげと感謝している。皆さまから多くの幸せをいただいた。

どうぞこのまま最終回までよろしくお願いいたします。

お散歩

息子がまだちっちゃかったころ、二人でよく近所を散歩していた。

いまはニヒルな高校生も、あのころは私にくっついて手をつないで歩いてくれた。道端に咲く小さな野の花を見つけ、「これはなんという名前？」と聞くのだけれど、私にはほとんど答えることができなかった。図鑑には出ているのだろうが、我ら親子には、文字通りの「名もなき花」たちであった。

「じゃあ、これは小さくて丸いから『コブトリ・オカアサンバナ』って名前にしよう」と、当人には聞かせられぬようなことを二人でワイワイ話しながら歩いていた。

いつのころからか、息子は私と歩くことをしなくなった。それとともに、私自身も散歩をやめた。一人で歩くのは退屈だもの。

自分はしなくても、父には散歩を奨めている。脳梗塞《こうそく》のあと、かなり出不精《でぶしょう》になった父である。家でじっとしてばかりでは、脳や筋肉によいわけがない。だから、半ばむりやり散歩に出てもらっている。

ベビーカーを細身にしたような男性版老人車があって、父はそれを押しながら、猫背でトボトボと歩いている。

その後ろ姿がなんだか不憫《ふびん》だった。父に目的の場所はあるのだろうか。野の花を見て、心を和ますことがあるのだろうか。ただ私に言われ、嫌々歩いているだけなのだろうか。

下駄《げた》箱の下にキチッと置かれた運動靴。父はいつも玄関の右隅に腰かけて靴を脱ぎ、そして目立たぬよう、すみっこに置いておく。

今日、なにげなしに父の靴を手にして見たら、カカトがすり減り、まあるく穴があいていた。こんなになるまではいていたんだ。そう思ったら、かわいそうになった。

遠慮しないで言ってくれればいいのに。濡《ぬ》れた道路は、冷たかったろう。

庶民的ワイン

まず最初にお知らせです。おかげさまで、この「家族っていいなあ」が本になります。新潟日報事業社から一月に発行です。よろしくお願いします。ああ、うれしいけれどプレッシャー。ぜんぜん売れなかったらどうしようって心配してます。閑話休題。最近、ワインの試飲会に顔を出させてもらっている。ある公民館で講師をさせてもらったとき、受講生のご婦人が誘ってくれたのがきっかけだ。最初は「ワインって難しそう」と腰が引けたのだが「お気楽」「無料」「飲み放題」というのでいってみた。

万代橋近くにある某会館が会場だった。小難しい顔したソムリエが出てきたら走って逃げようと思っていたのだが、気さくなオヤジさんが「やあやあ」と迎えてくれた。その世界では有名な人らしいのだが、そんな気どりのない人であった。ワインというのは一口含むたびに「うーん」と目をつむり「おお、これはブルゴーニュの丘に流れる春の風」とかなんとか、とにかく小難しいことを言わなければならないかと思ったら、ちがった。ただ、感じるままに飲んでいれば

いいらしい。試飲会に出て、ワインに対する誤解が解けた。

昼の十一時半から三時半までワインを飲んで、そこで仲よくなった老若男女と万代橋をベロベロと行進し、新潟駅前の居酒屋に流れて飲んだ。ソムリエのオヤジさんが「くーっ、うまいっ！」と地酒をヒヤを飲んでいるところは覚えている。が、その後がわからない。

夕食前に家へ戻り、妻に二言三言報告したあと、居間で爆睡していた（らしい）。

夜中に起され、「楽しかったの？」と聞かれ「うん」と答えて再び意識不明になっていた（らしい）。

気がついたら「頭が痛い」と言いながら、家族と一緒に朝ごはんを食べていた。甘い玉子焼きがおいしかった。

ぜったいぜったい

あるご婦人が虫垂炎で入院した。

腹腔《ふくくう》鏡を使った手術だそうで、三、四日で退院したというから驚いた。

その彼女の入院中に、小学校三年生の娘さんが手紙を持ってきてくれたそうだ。そして、そこに書かれていたものは「ママ、ぜったいぜったい死なないでね」という、親を思う子どものストレートな願いだった。

オトナのようでもまだまだコドモ。小学校三年生の娘さんが初めて経験するママの入院だ。いつも元気で笑顔のママの、その苦しむ姿はショックだったにちがいない。

「死なないでね」というわが子の願いに、彼女は優しい笑顔で「ありがとう。だいじょうぶよ」と答えたことだろう。

その彼女が退院してすぐ、今度は彼女のお母さんが手術で入院した。脳にできている腫瘍《しゅよう》を切除するためだ。

一人で暮らす病の母を気に掛けて、毎日電話していた彼女であった。電話を

切った後、またお母さんのことを思ってしまうという。お母さんはさみしくないだろうかと心配になるという。親孝行らしいことをまだしていない。お母さんは幸せなのだろうかと思って泣きたくなるという。

でも、泣かなくていい。お母さんは不幸なんかじゃないから。お母さんは、彼女が自分の娘としてこの世にいてくれるだけでうれしいのだから。いつも自分を思ってくれる子どもがいるという幸せを感じているのだから。

手術のあいだ、彼女は待合室で祈っていた。「ぜったいぜったい死なないでね」と、いたいけな少女の心に戻って祈っていた。

大人になってもお母さんの子ども。それはずっと変わらない関係だ。いつまでたっても甘えん坊。お母さんの笑顔を見ないと泣きそうになる。だからお母さんは、ぜったいぜったい治って戻る。

誕生日ケーキ

来週は妻の誕生日だ。何回目なのかはナイショ。妻の年齢と体重は藤田家の最重要機密となっていて、滅多《めった》なことでは教えられない。

さて、この時期に正統なバースディケーキを手に入れることは意外と難しい。不用意に買うと「誕生日おめでとう」と書かれたプレートの横で、サンタクロースがソリに乗って「メリー・クリスマス」と言ってたりする。だから、あらかじめケーキ屋さんに予約をしておいたほうがいい。

行くとまず主役の名前を聞かれる。ケーキの上のプレートに「○○ちゃんお誕生日おめでとう」と書くためだ。もう○○ちゃんという年ごろでもないような気もするが、素直に名を教える。

次にロウソクの数を聞かれ、ここでいつも迷う。本来ならば年の数だけロウソクを立てるのが正しいバースディケーキの姿であろうが、実際に年齢ぶん立てたらケーキの上がロウソクだらけになる。大急ぎで火をつけていっても、最後のロウソクに到達する前に最初のロウソクが燃えつきそう。それでケーキを焦がしたり手をヤケドしたりで、場合によっては消防法にも抵触しそう。

だからここ数年は「四本ください」と答えている。十年で一本という勘定だ。するとケーキ屋さんは「四歳ですか。かわいい盛りですね」と言ってくれる。「まあね。かわいいね」と返事をする。

ケーキ屋さんは、私が誰のケーキを予約していると思っているだろうか。齢《とし》とってから生まれた娘にだろうか。それともちょっと早目の孫にだろうか。そんなことを考えながらほくそ笑む。

「この年になると、誕生日もあんまりうれしくないよね」なんて妻は言うけど、でも、そんなことはない。彼女が生まれてくれた日だもの、私はうれしい。これからもずっとお祝いしよう。

困りたい

前にちょっと書いたけれど、この「家族っていいなあ」が本になる。発行は年が明けての一月十日くらい。第一回から七十回までのウブなエッセーが載ることになっている。さっそく「四冊予約しました」というメールを読者の方からいただき喜んでいるところ。

ただいま校正の真っ最中で、「再校」という赤い印の押された紙の束をめくりながら、文章のチェックをしているのだ。

自分で書いたものではあるが、時間がたっているので新鮮な気持ちで読める。そして、「おもしろいなあ」といちいち感心しているから仕事がなかなか進まない。

表紙はすでにできている。いつも私のエッセーにイラストを描いてくれる須田久子さんの作。タイトルも須田さんのかわいい手書きだ。

そして、帯の色は緑。候補にあがったいろんな図柄、いろんな色、それらをみんなと相談しながらワイワイと楽しく決めた。発行まではワクワクできる。

しかし、実際に発行されればドキドキの日々なのだ。「返品の山になったらど

うしよう」「日報事業社のイケメンSさんにボーナスが出なかったらどうしよう」「二度と日報に書かせてもらえなくなったらどうしよう」などなど心配が尽きない。

しかし、幸先よく発売前に四冊の予約が入ったし、私だって何冊かは買うつもり。親戚《しんせき》の人たちもたぶん買ってくれるだろう。友だちだってきっと買う。日報の読者の皆さまも「本になるとまた格別だねえ」なんて言って買ってくれると信じてる。

もしかしたら予想以上の売れゆきで、その評判を聞きつけた出版各社からの執筆依頼が殺到し、講演の要請もどんどんくるかもしれない。

しかし超多忙で遊ぶヒマがなくなるのも困る。と妻に言ったら「困るくらいになってもらわないと困る」と言われた。

サヨナラ

先月お知らせしましたように、「家族っていいなあ」の連載は今回で終了となります。長い間ありがとうございました。

この夏、朱鷺メッセで対談した直木賞作家の重松清さんに、「最終回はお嬢さんが嫁にいく朝の情景にしましょうよ」と言われたのですが、残念ながらそれよりもずいぶん早く終わることになりました。重松さんとの約束は守りたかったのですが、そのために娘を大急ぎで結婚させるわけにもいきませんし。

三年前に担当のデスクから「家族っていいなあ」というエッセーを書かないかと言われたとき、ちょっと考えました。幸せ過ぎるタイトルかなと思ってしまって。

「家族って、いいの？　ほんとうに、いいの？」と、私自身に問いかけてみました。人によってはつらく感じるタイトルかもしれません。心のどこかに「ごめんなさい」という思いを置きながら書いていました。

ある日、「家族をいいと思ったことがない」という人からメールをもらいまし

た。苦言のメールかと思いました。

でも、違いました。これまで家族をいいと思うことができなかったから「家族っていいなあ」を読むのが楽しみだと書いてあったのです。うれしかったです。家族自慢、幸せ自慢のようなエッセーを「いい」と言ってもらえたのですから。

それからもたくさんのメッセージをいただきました。私は幸せ者です。読者の皆さんや友人たち、そして家族からいつもあたたかな応援をもらい続けてここまでこられました。

お別れするのは悲しいですが、このエッセーでひとまずサヨナラです。リニューアルした日報でまた会えることを願いながらお別れしましょう。長らくのご愛顧ありがとうございました。皆さまもお元気で。

http://ichio.wao2.com/（公式ホームページ）

幸せだから、涙

娘の結婚式の朝、私はどんな気持ちになるのだろうか。きっとうれしい。でも、きっとせつない。相手の人がどんなにいい人であっても、きっと、せつない。

つい最近、わたしの知りあいの女の子が結婚した。つきあっている男性がいることは知っていたが、あまりにとつぜんでビックリだった。

じつは、相手に急な県外への転勤話が入り、ではその前に式を挙げようということになって大急ぎで日取りを決めたらしい。実際は結婚式の段取りをしたあとに、こんどは転勤がなくなったそうだけれど。まあ、いいきっかけになったわけで、結果としてはめでたいめでたい。

さて式の当日。準備の都合で先に式場にいくことになっていた彼女は、元気に「いってきまーす」と実家の玄関を出て迎えの車に乗ったのだ。そしたら、その途端に涙が溢れ出し、それきり止まらなくなったという。彼女自身予期せぬ涙で戸惑ったそうだ。

結婚するとはいえ、遠くにいくわけでもなし、これからも毎日両親と顔をあわせられる距離にいるというのに、それでも涙がとまらなくなってしまった。

車の中から振り返ってみれば、家の中にいたはずの父親が道に出て見送っている。車が見えなくなるまで、父親はずっと見送っている。その姿がどんどんちっちゃくなっていく。いつまでも、止まらない涙だった。

それはけっして悲しい涙じゃない。でも、うれしいばかりの涙でもない。いろんな感情の混ざった涙。ごめんなさいという涙。ありがとうという涙。これまで幸せだったから流すことのできた涙。

見送る父は、きっと多くのことは願わない。

「幸せになるんだよ」と、それだけを願って送り出したにちがいない。

お幸せに。

初粟島

生まれてはじめて粟島にいってきた。

サッシ屋さんをやっている先輩と飲んでいるときに、なにげなく「私、まだ粟島にいったことないんですよ」と話したのがきっかけだった。

それを聞いた先輩が「おれ、明後日いくよ。リフォームしている家のサッシ運びを手伝ってくれるなら乗せていくけど」と言ったのだ。その場で「いきまーす」と返事して、夢の粟島への旅が成立したのであった。

翌々日、岩船の港から予定どおりに粟島に渡った。粟島の海は青かった。遠くに見える本州もきれいだった。

よし、さっさとサッシ運びを終えて島を探検するぞとほくそ笑み、私は先輩のトラックに乗せられ島の反対側に運ばれていったのである。

「じゃあ藤田くん、キミはサッシを各部屋に運んでくれたまえ」と先輩からの指示が入り「へい、ガッテン！」とはりきってトラックの荷台からサッシを抱え・・・い、いや、これがなかなか抱えられない。「サッシってこんなに重かったっけ?」と、想定外の重さにウロタエる私に先輩は「今回はとくに高級な二重ガラスを使ったサッシだからとくべつ重いよ」と。いやん、そんなこと知りませんでしたわ、アタシ。しかも、搬入先は三階建てだったし。

さっさと運び終える予定だったのに、ヒーヒー言いながら夕方までかかって全身ヘトヘト。けっきょくその日はどこにも遊びにいけなかったが、ひと風呂あびて近所で民宿をしているオヤジさんや大工さんたちとワイワイガヤガヤと楽しく酔っぱらった。

翌朝、目が覚めたら雨だった。傘をさして近所を散歩したら、山の上の神社に続く石段に変テコなカタツムリがいっぱいいた。なんと、細長い家を背負っているカタツムリなのだ。こんなのいままで見たことがない。すかさず写真に撮った。

家に帰ってその写真を家族に見せたが、誰も正体を知らない。妻は「ナメクジにむりやり巻き貝を乗せて写真撮ったんでしょ」なんて言う始末だ。不思議の国、粟島。ちょっとクセになりそうな島だった。

歯医者さん

年が明けてから月に二度のペースで歯医者さんに通っている。歯ぐきが腫れて、とんでもなく痛くなったので。

私は本当に切羽詰まった状態になるまで歯医者さんにはいかない。だって、歯医者さんって怖いんだもの。ハッキリ言えば嫌いだもの。できることならお近づきにはなりたくないもの。

痛みがピークに達し、市販の痛み止めも効かず、どうにもこうにも我慢できなくて、こんな苦しむくらいなら、いっそ歯医者さんにいったほうがマシだとノタウチまわった末にやっと電話をする。電話に出た受付のオネエサマに「どうなさいましたか?」と聞かれると、「どうもしません」と言って電話を切りそうになるが、そこをかろうじて耐え診察の予約を完了する。そして予約の時間。歯医者さんのドアを開けた瞬間に吸った消毒の匂いでほぼ意識もうろう。

「す、すまん、オレがわるかった」と、とにかく全面的に謝ってしまうのだが、誰も許してはくれない。なんとか話し合いによってこの痛みを解決してく

れないものかと願うのだが、その願いが叶うことはなく名前を呼ばれて診察の椅子に座らされる。「痛かったら左手をあげてください」と先生はおっしゃるが、実際には手をあげたからといって、どうなるものでもない。先生は上げた手をチラッと見ながら「はいはいはい、痛いですねー。もうすこしですよー、はいはーい」と言いながら治療を続け、私の左手は「さのよいよい」と寂しく揺れる・・・。

と、ここまで書いておきながら急に裏切るのだが、今通っている歯医者さんは、すっごくいい。知人に紹介されて通うようになったのだが、なんたって治療中にリラックスして寝ちゃったりするくらい快適なのだ。こんな歯医者さん、はじめて。

その感動を妻に伝えたら「わあ、アタシも虫歯になってそこにいくから！」ってハリキっていた。

子どもたちへ

キミの生まれた日のことは忘れない。うれしくてうれしくて、なんどもキミのホッペに顔をくっつけていた。

子どもたち。

親には心配かけていいんだよ。どうせ親なんて、どんなときでもキミたちのことを心配するんだもの。

もしキミたちが急にイイコになったりしたら「うちの子はいい子すぎるんじゃないかな」って、きっとまた心配しちゃうんだもの。

キミたちが悪いことをしたら、そりゃあ叱る。親だもの、しっかりと叱る。でも、だからといって、キミたちのことを嫌いになんかけっしてなれない。

信じておくれ、子どもたち。どんなに心配かけられたって、それはみんな受けとめてみせるから。

そう、たったひとつのこと以外はね。

聞いておくれ、子どもたち。キミたちの死よりも大きな悲しみなんて、私は知らない。いまさらだけど、もういちど親を信じてくれないかな。またあのころのように、親を信じてくれないかな。いつも手をつないでいたあのころのように。抱っこされることが大好きだったあのころのように、親を信じてくれないかな。

難しいかな。頼りないかな。ムカつくかな。それでも死を選ぶ前に、お願いだから、もういちど話をしてくれないかな。その苦しみを預けてくれないかな。いっしょに苦しませてくれないかな。

お願いだから、子どもたち。きらいなヤツのために死んだりするな。好きな人のために生きてくれ。キミのことを大好きだって言う人が、キミのまわりに大勢いることに気づいてくれ。

わが子に自ら死を選ばせてしまった親は、一生自分を責め続ける。その苦しみより大きな心配なんて、ないんだ。

だから、わるい子になってもいいから、ダメな子になってもいいから、ずっとずっと生きておくれ、子どもたち。

あとがき

ドキドキと「家族っていいなあ」の売れ行きを見守っていました。

ぜんぜん売れなかったらどうしよう。担当の日報事業社イケメンSさんは、結婚早々で赤字の責任をとらされて左遷かもしれない。これまで応援してくださった皆さんにも申しわけなさすぎる。

よし、もしそうなったときは、こっそり本屋さん巡りをし、わが家の貯金をはたいて「家族っていいなあ」を買い漁ろう。そう思って妻に相談しました。妻は「いい考えだと思うけど、娘の大学の授業料を払ったばかりで、貯金がないわ」と言い、二人で手をとり泣きました。

しかし、だいじょうぶでした。おかげさまで、順調に売れてくれました。イケメンSさんも左遷されることなく、越後線白山駅のすぐそばの会社で仕事をしています。

皆さま、ありがとうございました。なかには、一人で四冊も五冊も買ってくださった人もいたそうで、本当にうれしいかぎりです。

「作者はこれで食ってます。買ってください！」というコピーをつけてワゴンに並べてくださった本屋さん、ありがとうございます。それを聞いたときは、おもわず感涙でした。

講演会で、「ファンです」と言われ、うれしくメロメロに溶けてしまい「サインしてください」と差しだされた本には、緊張のあまり、自分の名前の「藤」の字を書き間違ってしまったりしました。そうそう、色紙に「家族っていいなあ」と書いたつもりが「家遊っていいなあ」と書いたこともありました。ああ、まったくもってお恥ずかしい。でも、その色紙は将来私が有名になったら高値になるかもしれませんので、捨てないでとっておいてください。

ネットの掲示板やメールで、弱気の私を励まし続けてくれた全国のみなさん、ありがとうございます。この年になっても、ホメられることがうれしいです。そして、実際にホメられて育つタイプの私です。日報への連載がきっかけで発足されたランニング同好会の「チームつるかめ」の仲間たち、いつも私を盛りたててくれて感謝です。皆さんの元気が私の元気でもあります。

イラストレーターの須田久子さんには、例によって締切りギリギリに、しかも家族旅行の真最中に書きかけのエッセイを「これで大至急よろしく」とメールで送り、たいへん忙しい思いをさせてしまいました。それにもかかわらず、いつものように楽しいイラストを仕上げてくれました。ありがとうございます。

そして、いろんなネタを提供してくれた私の家族へ感謝です。連載が終わっても、どんどんネタ帳の中身が増えてます。もし、このパート2が好調で「家族っていいなあ」のパート3が企画されても、すぐに対応できることでしょう。と、さりげなく次の本の宣伝をして、本書の後書きにかえさせていただきます。皆さん、本当にありがとうございました。そして、これからもよろしくお願いいたします。

平成十九年　八月　藤田市男

【著者紹介】

藤田 市男（ふじた・いちお）

1958年新潟市に生まれる。
大学を卒業して10年間勤め人を経験し、娘が5歳で息子が1歳のとき退職。その後青年実業家をめざすもバブルが弾け中年失業家のまましばらく過ごし、妻には大いに苦労をかけて、気がつけばエッセイストに。現在は両親と同居し、優しい妻と二人の子ども、そして雑種の愛犬ハチとともに暮らしている。

好きな食べもの「とんかつ・焼肉・白御飯」
尊敬する人「三年寝太郎」
㈳全日本テコンドー協会 新潟県協会会長
公式ホームページ http://ichio.wao2.com/

著書

「せとぎわの護身術」
「父はなくとも…」
とらのまき社
「家族っていいなあ」
新潟日報事業社

家族《かぞく》っていいなあ Part 2

2007年9月14日　初版第1刷発行

著　者　藤《ふじ》田《た》市《いち》男《お》
発行者　德永健一
発行所　新潟日報事業社
〒951-8131
新潟市中央区白山浦2-645-54
TEL 025-233-2100
FAX 025-230-1833

ISBN978-4-86132-237-2 C0095